ハヤカワ文庫 SF
〈SF2073〉

宇宙英雄ローダン・シリーズ〈523〉

ロボット探偵シャーロック

ペーター・グリーゼ＆クラーク・ダールトン
嶋田洋一訳

早川書房

7788

PERRY RHODAN
IN DEN HÖHLEN VON LOKVORTH
TERRA IM SCHUßFELD
by
Peter Griese
Clark Darlton

Translated by
Yooichi Shimada
First published 2016 in Japan by
HAYAKAWA PUBLISHING, INC.
This book is published in Japan by
arrangement with
PABEL-MOEWIG VERLAG GMBH
through JAPAN UNI AGENCY, INC., TOKYO.

目次

ロボット探偵シャーロック

ロボット探偵シャーロック

ペーター・グリーゼ

登場人物

デモス・ヨールン……………………《ルツフリグ》船長
サルガ・エーケシュ………………異生物学者
キルト・ドレル・エーケシュ……生化学者。サルガの息子
アデレーア…………………………実験助手
スリマヴォ…………………………謎の少女。通称スフィンクス
ジェイコブ・エルマー……………ショナアル市民。もと宙航士
パーナツェル………………………ジェイコブの友。マット・ウィリー
キウープ……………………………謎の異人
シャーロック………………………デモス・ヨールン所有のロボット

1

「すでに四週間、あの厄介な嵐雲は見ていない。ほっとしているのはたしかだが、その一方、なにかがおかしいと思わずにはいられない」

デモス・ヨールン船長は不機嫌な顔で、食堂のちいさな窓から横目で外を見た。外は惑星ロクヴォルトの夜だ。

「《ルツフリグ》の気象予報はなんといってるの？」百二十名からなるロクヴォルト実験隊の首席科学者であるサルガ・エーケシュが、簡素なテーブルについてコーヒーを飲みながらたずねた。

「それなんだよ」ハンザのコグ船《ルツフリグ》の船長はうめくようにいい、不安そうに前後に動いた。「きょうも、きのうも、おとといも、その前もずっと、予報では嵐だった。すべて厳重にチェックしたが、観測機器に異状はない。それなのに、嵐はこなかった」

「季節的な変動かもしれない」と、サルガ。

船長は音をたててカップをテーブルに置いた。

「話をそらすな。きみは不気味なことが起きているのを認めたくないだけだ」

「あなたがどれほど科学的な人か、噂は聞いているわ、デモス・ヨールン」サルガがわけ知り顔で笑みを浮かべる。「ばかげた話はやめることね」

「スフィンクスとかスリマヴォとか呼ばれている、あのちっちゃな魔女のせいだ。嵐が起きないのはあの子のせいにちがいない」

「へえ」科学者は嘲笑した。「あなたもあの噂を信じてるの？　だったら、姿を消したキウープが天候を操っているとも考えられるわ」

「キウープだと！　あいつがまだ生きているというなら、志願してハンザ司令部で物乞いしてやる」

「言葉にはもっと気をつけたほうがいいわよ、デモス」サルガの言葉にはあわれむような響きがあった。「口は災《わざわ》いのもとというから。姿を消して数週間になるけど、キウープがもう生きていないって証拠はないんだし」

「だから、なんなんだ。まだ生きているという証拠もない」

ヨールンは無言で暗い窓の外を見つめた。黙りこんだのは、経験豊富な相手の言葉を、最終的には否定できないとわかっていたからだ。これまで自分たちに克服できなかった問題はない。　例外は、シュプールものこさず消えたキュープだけだ。

危険な嵐はおさまった。これで三つの大型ドームと多数の付帯設備からなる研究施設は安全で、ほかに大きな脅威は存在しない。長年にわたり大気中に存在していた危険な殺人胞子も、医学的に治療が可能になった。サルガの父親の命を奪った不気味な根っこ生物も、もう存在しない。

じつのところ、ロクヴォルトは退屈だった。科学者たちはサルガが主導する研究にとりくんでいる。なにかしていないと、たまらないからだ。ドーム群のなかでもメインの巨大ラボはキュープが計画して建設し、設備をそろえたものだが、いまは放棄されていた。

「おまけに、あのちびの魔女だ」ヨールンがつぶやく。

それはもと宙航士ジェイコブ・エルマーとマット・ウィリーのパーナツェルとともに数日前ロクヴォルトにきた、ある少女のことだった。このふたりと一体はあたえられた居室に閉じこもり、最初はほとんど姿を見せなかった。

やがてスリマヴォが姿を見せると、さまざまな興奮を呼びおこした。この十二歳くらいの少女は、奇妙な事態をひきおこすのだ。その目を見た者は、なぜか黒い炎を思い浮かべる。スリマヴォに関する悪い噂がたちまちひろまったのも無理はなかった。

「あれは魔女じゃなくて、ただの子供よ」サルガは船長にそう指摘した。「たしかにふつうの子供じゃないけど。おちついて席について、デモス。そうすれば理性的にこの件を話しあえるはず」

「待ってくれ」ヨールンは片手をあげて相手を制し、じっと食堂の窓の外を見つめた。

「外にだれかいる」

「まさか。わたしが同意しないかぎり、だれも外には出られない。いまはだれも出ていないはずよ」

「いなくなった」ヨールンはゆっくりと、小柄な異生物学者のテーブルの前にもどった。

「だれが？」サルガがたずね、自分より二十五センチメートルほども長身の男を見あげる。

「わからない。だれかが建物のあいだを走っているのが見えただけだ。なにか背負っていたようだった」

サルガはうけいれられないというように首を横に振った。

「神経がまいっているようね。すぐにおちつかせてあげる」

サルガはアームバンド・テレカムでアデレーアを呼んだ。彼女はラボのさまざまな雑用をこなす実験助手で、今回の任務ではつねにサルガの手助けをしている。研究施設に出入りする人員の管理も彼女の仕事だった。

だが、応答したのはアデレーアではなく、サルガの息子のキルト・ドレル・エーケシュだった。アデレーアはもう寝ていて、かれが監視のため司令センターにつめていたという。

「だれか施設から出た人はいる？」サルガがたずねる。

キルトは否定した。

「わかったわ、キルト」サルガの父親が亡《な》くなったあと、母と息子は関係を修復していた。長年、顔もあわせなかったふたりが、いまはまた話をするようになっている。「ロボット二体を外に出して、なにがあたりをうろついているのか確認させて。ヨールンが、食堂と第二ドームのあいだで、人影を見たといってるの」

若い生化学者は指示にしたがった。

「これで満足かしら、デモス？　見まちがいだったってわかるはずよ」

「ゲストたちはどうだ？　許可なく外に出ないよう、だれか見張っているのか？」

「勝手に出ていくはずがないでしょう？」サルガは理解できないといいたげにかぶりを振った。「外は危険だと警告してあるのに」

「わかっていないようだな」ヨールンが憤然といいかえす。「あのちいさな獣は、なにかたくらんでいる。ペリー・ローダンの正式な承認を得てここにきて以来、スリマヴォはわれわれのすることに鼻をつっこみつづけている」

「わたしの見方は違うわ」サルガは冷静に反論した。「彼女もキウープを探していることを公然と認めているんだから、わたしたちの助けになるはず」

「あの捨て子が？」

「特別な子供よ」

「ローダンのやり方に疑問をいだいているのは、わたしだけではない」と、《ルツフリグ》船長。「あの奇妙なトリオをロクヴォルトに送るという判断を、だれもが不思議に思っている。ジェイコブ・エルマーは理性的な印象だからまだいい。プロトプラズマ生物も、アルコールの備蓄に手をつけないかぎりはうけいれられる。だが、あのスリマヴォという子供はなんなんだ」

「それは違うわ、デモス」科学者はおちついていた。「たしかに、最初はスリのことを不思議に思う人も多い。でも、一度あの黒い目をのぞきこんだ者は、そんなこと、たちまち忘れてしまうの。あの子になにか特別なものがあるのは、あなたも否定できないはず」

「否定なんかしないさ」ヨールンは断言した。「天候の変化もあの子のせいだと思っているくらいだ。くりかえすが、あの子は人々を惑わす」

「ほかにもおとぎ話のレパートリーはあるの？」

ヨールンはなにも答えずにすんだ。サルガのアームバンド・テレカムが鋭い音をたてたのだ。相手はキルトだった。

「妙なことが起きているようだ。司令センターまできてもらえないか」

「すぐ行くわ」彼女はヨールンにもついてくるよう合図した。

研究施設の建物はすべて空中の気密通廊でつながっている。最初にロクヴォルトの微生物にひどい目にあわされて以来、この構造は不可欠なものになっていた。

その通廊のひとつを通って、サルガとデモスはべつの翼棟にある司令センターに移動した。そこからは外に通じるすべてのハッチを監視できるだけでなく、通信を実行した場合、その相手の位置も特定が可能だ。

キルトは遠隔操縦装置を操作していた。母親は無言で息子の横に立ち、スクリーンをのぞきこむ。

研究所の輪郭が表示された。もとはキウープのラボだった三つのドームがはっきりとわかる。

赤い光点がひとつ、建物の外で点滅していた。ゆっくりと第二ドームをはなれ、近くの〝ヴィールスの流れ〟のほうに移動していく。これは科学者たちの命名で、この大河は研究施設の近くで〝泥の谷〟を横切り、七十キロメートルほど先で海に注《そそ》いでいた。

「これがロボットだ」生化学者は赤い光点を指さした。

「二体送りだすようにいったはずだけど」と、サルガ。

「そうしたんだが、もう一体は二、三分前に画面から消えてしまった。信号が消失し、通信にも応答しない。いま、その消えた場所にもう一体を向かわせている」

「説明がつかないな」ヨールンの不機嫌はここでもつづいている。

「ロボットV＝一七！」キルトがマイクに向かって呼びかけた。「V＝一二のシュプールはまだ見つからないか？」

赤い光点が停止した。

「発見しました」と、ロボットが報告。「ただ、見つかったのは残骸です。V＝一二は破壊されています。高エネルギー兵器で撃たれたものと思われます」

「なんてこと」と、サルガ。「調査してみないと」

「わたしがひきうけよう」ヨールンが申しでた。「あの魔女がすべての裏にいると証明できるから。外をうろついていたのがあの子だったとしても、わたしは驚かない。あるいは、仲間のどっちかだろう」

「そんなはずはありません」キルトは壁の電光板を指さした。そこには研究所内にいる者の名前がすべて表示されている。最後の三つは最近になってロクヴォルトにやってきた、スリマヴォ、ジェイコブ・エルマー、マット・ウィリーのパーナツェルの名だ。

〝不在〟の表示が点灯している名前はひとつだけだった。キウープだ。

「研究所の外に出ている者はいませんよ、デモス」と、若い生化学者。

「わたしが個人的に調べることに、反対の者はいるか？」ヨールンは片手をインターカムの番号パッドに置いた。

反対する者はいなかったので、かれは番号を押し、ふたりと一体が居住する部屋を呼びだした。

スリマヴォの痩《や》せた青白い顔が画面上にあらわれた。黒髪が肩にかかっている。インターカムを通したことで、少女から感じられる放射は多少失われていたが、ヨールンは凍りついた。彼女の姿には憂愁と孤独とともに、智恵と渇望がひしひしと感じられる。

スリマヴォはなにもいわず、ただじっとインターカム画面を見つめていた。

「仲間はどこにいる？」ヨールンが乱暴にたずねる。

すこし間があって、スフィンクスが答えた。

「全員ここにいるわ」音楽的な声は、宇宙の最新の智恵を伝えるかのようだった。「じゃまされたくないんだけど」

画面下部に一瞬だけ明るい赤の光点が生じ、接続が切れた。

キルトはそのあいだにロボットを研究施設にもどしていた。破壊されたV＝一二の残骸をマシンが運びこむ。

生化学者は残骸をかんたんに調べ、ロボットの推測が正しいことを確認した。「インパルス銃のシュプールにまちがいない。やはりだれかが外にいて、見とがめられるのを恐れたんだ。当然、キウープしかいないだろう」

「おかしいわね」と、サルガ。「キウープしかいないの？　見つからずに研究施設にもどることはできないわ。ハッチはどれも、つねに監視されているから」

「それはわたしにもわからない」

「見せてくれ」ヨールンは生化学者を押しのけ、画面を見つめた。「人影が見えたのは、この第二ドームと食堂のあいだだ。その十分ほどあと、ここでロボットが破壊された」と、べつの場所を指さす。「この二点を結ぶと、ヴィールスの流れに向かって研究施設から遠ざかっているのがわかる」

「たしかに」サルガはうなずいた。「逆方向に延長すれば、つまり……」

彼女は言葉を切り、ヨールンが指を画面上の反対方向に動かすのを見つめた。

「メインドームだ」船長が驚いてつぶやく。「キウープの作業場だな」

「直進したとはかぎらないでしょう」と、キルトが指摘。

「だが、その可能性は高い」ヨールンはそういうと、サルガに向きなおった。「メインドームを見てくる。いっしょにくるかね？」

「なにを探すつもりなのか知らないけど、いっしょに行くわ」

ふたりは部屋を出て、キウープが実験を開始し、その後なぜか姿を消したドームに向かった。

ヨールンはドーム出入口の開閉機構を調べた。ドアのポジトロニクスは単純で、めぼしい情報は得られなかった。それでも蓄積されたデータから、その日の夜、だれかがそこにいたことがわかる。

「おかしいな」ヨールンがドアの開閉履歴を調べながらいった。「たしかきみは、このドームへの立ちいりを禁止していたはずだが」

「そのとおりよ」サルガは船長のあとにつづいてドーム内にはいった。自動的に照明が点灯する。

ふたりは周囲を見まわした。ひろい室内にキウープのさまざまな装置が置かれているが、熟練した異生物学者兼遺伝学者にさえ、用途がわからないものもあった。

「ここにだれかいたのはわかっている」ヨールンが不機嫌にいった。

サルガは数歩進んで足をとめた。

「そのようね、デモス」ガラスケースの半開きになった扉を指さす。「ここにはゲルププラズマをいれたオスミウム＝イリジウム合金の容器が三ダース置いてあったけど、なくなってる。きのうはたしかにあったのに。そんな物質を使う実験も予定されていなかったはず」

「つまり、泥棒はわたしの空想の産物ではなかったわけだ」ヨールンは満足そうにうなずいた。

「泥棒？　それどころじゃないわ。調査ロボットが破壊された以上、なにかがおかしいのは確実よ。泥棒どころか、破壊活動ね。どんな可能性も排除すべきじゃない」

「だったら、ちびの魔女がその物質を持ちだした可能性も排除すべきではない」

「理論的にはね」サルガがかぶりを振ると、わずかにカールした褐色の髪が左右に揺れた。「あの子になにかできたはずはないけど」

「どうだか！　あの魔女の計画を予想できるというのか？　わたしは地球のハンザ司令部と話をした。向こうでは、あの子をスフィンクスと呼んでいたよ。それでもきみは気にならないのか。あの子がここにきてから、なにもかもめちゃくちゃだ」

「なにもかも？」サルガの口調は冷静だった。「キウープのラボからものがいくつかなくなり、あなたが外に人影を見かけて、たぶんその人物がロボットを破壊した。それだけよ」

「天候の変化を忘れているぞ。あの魔女の目のなかの黒い炎も」

サルガはなにも答えず、船長をそこに立たせたまま、ラボの設備を細かくチェックしはじめた。

貴重な物質のはいった容器は発見できなかった。なくなっているキウープの備品はほかにもある。結局、それらは数日にわたって消失したと結論するしかなかった。備品を毎日確認していたわけではないから。

ヨールンの興奮の火にさらに油を注ぐことになる不安はあったが、彼女はわかったことをすべて話した。

「なくなったものに一貫性がないわ。なんのために持ちだしたのかわからない」

「捜索隊に多くの仕事ができたようだな」ヨールンはおちつきをとりもどした。「破壊されたロボットに、なくなった大量の貴重な資材。犯人は夜中に忍びこんでくる何者かだ」

「調査をひきうけるといったわね？　コグ船の船長に、いまのところの緊急の仕事はないはず」

「もちろんやるとも」ヨールンは意気ごんで答えた。「ただ、部下を数人、《ルッフリグ》から連れてきたいな。まだあの魔女の視線にやられていない者を」

「異論はないわ」サルガは出口に向かった。「ハッチはコードを変更して、あなたが管理して。コピイをわたしの金庫にいれておいてくれればいいから」

ふたりは黙ったまま、司令センターのある隣りの建物に向かった。

「きょうはここまでにしましょう」司令センターにもどったサルガはそう声をかけた。

そこにいるのは彼女とヨールンとキルトのほか、キルトを手伝ってロボットの残骸を調べていた研究員五人だった。「あすの夜明けとともに、作業チームをふたつ編成します。チームAはデモスの下で、《ルッフリグ》の乗員数名といっしょに、ここと ヴィールスの流れのあいだの調査を実施する。チームBはわたしが指揮します。アデレーアにも手伝ってもらって。窃盗行為、あるいは破壊活動が実際に存在するのか、メインドームから消えた資材がまだこのラボのどこかにあるのかを確認します。なにもわからなかったとしたら、そのほうがおかしいわ」

「ハンザ司令部には報告するつもりなのか？」ヨールンがたずねる。

「まだその必要はないと思う」と、サルガ。

「ひとつ質問がある。どうしてもこの疑問が頭からはなれないんだ。このなかに、インターカムにくわしい者はいるか？」

年長の研究員が名乗りをあげた。

「たぶん役にたてると思います。電子技師ですから」

「インターカムの通話を終えるとき、画面の下に一瞬だけ赤い光が点灯した。あれがなにを意味するのか知りたい」

サルガはヨールンを見やり、眉根をよせた。ヨールンはコンビネーションのポケットのなかで両手を握りしめている。

「信号表示ですね」電子技師が答えた。「録画の再生終了と同時に、インターカムのスイッチが切れることをしめしています」

「録画の再生だって？」と、ヨールン。「つまり、その光点がインターカムの画面にあらわれたら、録画再生機能が働いているということか？」

「そうです」相手はうなずいた。「高級なインターカムなら、応答を録画しておいて、かかってきた通話に対応することができます」

ヨールンはゆっくりとサルガに向きなおった。

「船を賭けてもいい」と、かたい表情でいう。「スリマヴォはもう、この施設内にはいない」

五分後、サルガは賭けに負けたことを悟った。スリマヴォたちふたりと一体のシュプールは、どこにも見あたらなかったのだ。居室のインターカムに録画がのこされていただけだ。ただちに研究施設内を捜索したが、成果はなかった。

スフィンクスとジェイコブ・エルマーとパーナツェルがどうやって気づかれずに外に出たのかは、謎のままだった。

一時間後にふたたび司令センターに集まった面々は、だれもがとほうにくれた顔をしていた。キウープにつづいて、地球からの訪問者たちまで消えてしまったのだ。

「ハンザ司令部に報告するしかなさそうね」

サルガがハイパーカムに近づいたとき、背景の音がいきなり変化した。もう何日もおだやかだった天候が急変し、猛烈な嵐が泥の谷をおおいつくしたのだ。

ヨールンは雨音と猛《たけ》り狂う風の音にじっと耳を澄ました。

「これではっきりしたといえるだろう。スリマヴォがわれわれのもとを去ったのだ」

2

こんな冒険に身を投じるとは、悪魔にそそのかされたにちがいない。わたしのような人間にこんなことができる者は、ほかにいないだろう。

もちろん、したがった理由はわかっている。スリの計画を支援するのに、一瞬の躊躇《ちゅうちょ》もなかった。反論しようにも、できなかったろう。あの目で見られると、わたしのような経験豊富な人間でも、即座にしたがってしまう。

いま、わたしは疲れた足どりで、敵対的な惑星の夜のなかを歩いている。はるか背後、テラナーの研究施設がある泥の谷では、雷が闇をひきさいていた。嵐が近づいているのだ。その余波はここにいても感じられた。ただ、このあたりで雨は降っていない。耳のまわりで風が吹き荒れているだけだ。

スリマヴォはなんの感銘もうけていないらしい。目的地がわかっているかのように、ちいさな両足を交互に動かしている。夜の闇のなかでもすべてが見えているようにさえ思える。わたしはときどき投光器を使わなくてはならなかった。なによりも、短い偽足六本を形成し、わたしの前後左右をうろつく友のパーナツェルを、うっかり踏みつけないためだ。パーナツェルはそうやって歩きながら、生涯に学んださまざまな言語で不平不満をしゃべりつづけている。

寒気《さむけ》を感じた。気温は三十度以上あるというのに。風の音とともに、背中を冷気がはしりぬけたのだ。

前方に目を向けると、わずかに傾斜した地面の先に、とても通過できそうにない黒い壁が見えた。確信はないが、巨大な森がひろがっているようだ。スリマヴォはまっすぐそこに向かっている。

方角を見定めようとしたが、闇のなかではひどく困難だ。そもそもわたしはもと宙航士で、惑星上の生活には慣れていない。惑星住民なら、本能的に方角がわかるのかもしれないが。

ヴィールスの流れからは、研究施設を出てすぐにはなれてしまった。つまり、北か南のどちらかに進んでいることになる。直感は南だと告げているが、これまでの人生で、この種の判断を何度も間違えたのも事実だった。その一方、船の舷窓から星々を一瞥《いちべつ》するだけで、銀河系内のどこにいるのか、すぐに知ることもできる。ただ、ロクヴォルトの荒涼とした大地の上では、事情はまったく違っていた。どっちを見ても草が生えているだけなのだ。

背中の荷物は重いが、それはどうということはない。からだは頑健で、ひろい肩はずっと重荷に耐えてきている。長年勤務した宇宙ハンザのカラック船でも、肉体的につらいと感じたことはなかった。もっとも、正規の訓練をうけたわけではないし、ここ数年は楽な生き方をしてきた。カラック船で知りあって親友となったパーナッツェルも同じだ。とはいえ、二百の太陽の星出身のマット・ウィリーは頑丈にできている。だから、えんえんとつづく不平不満の言葉に意味はないと、わたしは考えた。

背中は暖かく感じるが、片手を顔にあてると冷たかった。ショナアルに定住して以来、からだがなまっていたようだ。わたしはこの不満足な状態の責任を、すべて兄弟のジョセフに押しつけた。小マゼラン星雲の惑星オルフでブラッド・ダイヤモンド十七個を発見したかれが、そのうち三個をわたしに遺贈したりしなかったら、からだがなまったと感じることもなかっただろう。ショナアルでのらくら暮らすことなどできなかったはずだから。石がかなりの高値で売れたのだ。ふつうは五十三歳でそんな暮らしをする者はいない。

だが、わたしはそれを実行したせいで、スリマヴォに出会ったわけだ。この出来ごとの連鎖で人生が変わらなかったら、ロクヴォルトの夜のなか、パーナッツェルを蹴飛ばさないよう気をつけながら、少女のあとをついて歩くこともなかったにちがいない。

突然、地上に柔らかな光があらわれた。近くの木立の輪郭がはっきり見えるようになる。

　わたしはあたりを見まわし、その原因を探した。雲に切れ間ができ、そこにちいさな衛星が浮かんでいた。主星スカルファアルの光を反射してあたりに投げかけている。おかげで地面の凹凸《おうとつ》がよくわかり、歩くのが楽になった。

「このほうがいいでしょ、ジェイコブ」少女が前方から声をかけてきた。だが、振り向こうとはしない。スリが確固とした目的地に向かっているという思いは、さらに強くなった。

「スリはこのほうがいいかどうかを、われわれに尋ねませんでした」と、パーナッツェル。

「このほうがいい、と、決めつけたのです」

　マット・ウィリーのいうとおりだった。スリマヴォの言葉は、ほぼつねに報告か告知のようで、解釈の余地がない。あまりにも当然のことのようにいうので、同意するしかないのだ。

　わたしは返事をしなかった。かわりにロクヴォルトの衛星に意識を集中する。スカルファアル星系に関する文献を読んで、たいして重要でもない小天体だということは知っていた。それでも、恒星光の反射方向と時刻から衛星のある方角がわかるので、いまどっちに進んでいるか、見当をつけることができる。

　スリマヴォは北をめざしていた。そこには数百年間、一度も詳細な調査の手が入っていない、原生林のような広大な森があった。

そこでなにをする気だろう？　消えたキウープの手がかりがあるとでも思っているのか？　少女は明らかに、あの男に興味があるようだが。

わたしはかぶりを振った。研究施設の捜索隊と《ルツフリグ》の搭載艇が、一週間にわたって徹底的に探したのだ。それでも異星人のシュプールは発見できず、捜索は打ち切られた。

テラニア・シティで変人キウープの写真を見せられ、内心ひそかに、宇宙の捨て子と出会うのは興味深いと思っていた。ただ、それが実現する可能性はきわめて低かった。

前方の森がはっきりと見えてきた。左右にどこまでもつづいていて、暗い正面は不気味な印象だ。

わたしの足どりは重くなり、たちまちパーナッツェルを踏みつけそうになった。足と偽足がからまってマット・ウィリーは不安そうな声をあげ、わたしはなんとか踏みとどまった。

偽足がはなれるのにすこし時間がかかり、わたしは空にかかった三日月を眺めた。

そのとき、妙な気分に襲われた。雲の切れ間がもう数分のあいだ、ずっと動いていないのだ。そこ以外の空は厚く雲におおわれ、月明かりに照らされた雲が流れているのがわかる。雲の切れ間だけがじっと動かない。

目を落とし、スリを探す。少女はわたしとパーナツェルのちょっとした混乱には目もくれず、歩きつづけていた。ちいさなからだがはっきりと見える。

わたしはショナアルとテラニアでの奇妙な出来ごとを思いだした。あのときもしばしば、彼女が周囲になにか影響をあたえたのではないかと思ったもの。

「思いこみだ。ばかばかしい」と、つぶやく。夜空で一ヵ所だけ雲が切れ、月明かりが周囲をかすかに照らしているのも、なにか気象学的な説明がつくにちがいない。

「どうしました?」パーナツェルがたずねた。

「なんでもない。先に進んで、わたしの足からはなれているようにしろ」

前方ではスフィンクスが小高い丘に登り、わたしたちが追いつくのを頂上で待っていた。

少女は細い腕をのばし、深い森を指さした。夜の森の手前には、薄い霧がたなびいている。

「あそこに行くわ」その声には歓喜の響きがあるように思えた。

「そこにアルコールはありますか?」パーナツェルが泡だつような声でたずねる。

スリマヴォはなにも聞こえなかったかのように黙りこみ、わたしもマット・ウィリーの質問に答える意味を感じなかった。

少女は彫像のように立ったまま、闇の奥を見つめた。まるでいまにもそこに、なにか異様なものがあらわれると思っているかのように。もちろん、あたりは一様にしずかなままだ。風さえおさまっている。

肩まで黒髪ののびた頭が一度だけ、ゆっくりと右から左に動いた。視線が森を見わたす。はずれまで、まだあと五百メートルくらいあるだろう。見えない手に一掃されたかのように、霧がたちまち晴れた。

スリマヴォの吐息が聞こえた。ごくしずかに、一度だけ。またしても寒気を感じたが、こんどは夜風のせいではない。風はもうやんでいた。

ちらりと空に目をやると、月はまだ雲の切れ間にかかっていた。

「疲れたの、ジェイコブ？」少女が振り向いてたずねた。

その瞬間、雲がロクヴォルトの衛星をかくした。あたりが真っ暗になる。わたしは投光器を手探りしたが、スリの視線に気づいて手をとめた。

実際にはなにも見えなかったのだが、彼女の視線ははっきりとわかった。夜の闇さえ貫いてくるなにかがある。スリマヴォの目のなかの、あの黒い炎なのかもしれない。

「まだ行ける」と、わたしは弱々しく答えた。

「わたしもです」パーナツェルも同調する。

「ここで野営しましょう」スリの声には疲れが感じられた。それを聞くと休息が必要だという気分になり、最初は前進をつづけるつもりだと感じていたことは忘れてしまった。

わたしはかついでいた荷物に手をかけ、訊いた。

「ここで？　向こうの森じゃなくて？」

「ここでいいわ」スフィンクスは地面にすわりこみ、脚を組んだ。「泥の谷からは充分はなれたから。夜が明けたら前進しましょう」

少女の言葉にしたがうことにすっかり慣れていたわたしは、すぐにテントをひろげた。パーナツェルも手伝ってくれる。

スリマヴォの寝床ができると、彼女はなかに這いこんだ。数秒後には規則正しい寝息が聞こえてきた。

「疲れていたんだな」と、マット・ウィリーに声をかける。

「そうですね、ジェイコブ」パーナツェルがしずかに答える。「スリが見おとしていることがあります。研究施設は十キロメートルから十二キロメートルの彼方でしょうが、グライダーなら数分の距離です。いないことに気づかれたら、捜索隊がすぐにもここにあらわれるでしょう」

「休息を望んだのはスリだ」

「あなたはスリのいいなりですね。困ったことです。荷物のなかにアルコールはありませんか？」

「口を閉じて、もう寝ろ」

わたしは薄い毛布の下にもぐりこんだ。

＊

痛みで目がさめた。顔を鞭打《むちう》たれたのかと思った。頬から血が流れているのが感じられると思ったくらいだ。痛みはすぐにおだやかな温かさに変わり、鞭ははたきに、さらにパーナツェルの手に変わった。

「起きてください、ジェイコブ！」

わたしは寝返りを打ってもっと寝ていようとしたが、相手は執拗だった。頭のかたすみには、きょうは日曜で、仕事に行かなくてもいいんだという思いがある。友とハイキングに行ってもいいな。

「危険です！」またしても声がした。それが滝音のように響く。

危険？

一瞬で飛びおき、目を開く。眼柄が見え、その先にパーナツェルの視覚器官が見えた。

「外になにかいます。恐くて外に出られません」

薄いテント地ごしに早朝の光が透けて見える。冷えこんでいて、わたしは毛布をからだにきつく巻きつけた。

やがて音が聞こえてきた。このちいさな野営地のまわりを、無数のムカデが這いまわっているような音だ。テントの入口をすこしだけ慎重に押しやって、外をのぞく。パーナツェルはわたしにしがみついた。なぜそんな態度なのか、理解できなかった。パーナツェルは小心な性格ではないのに。

テントから五メートルほどはなれたあたりで、数百匹の小動物がうごめいていた。テラのネズミとウサギを混ぜあわせたように見える。どれも休みなく動きまわり、仲間の上を跳びこえ、わたしのほうを見つめている。むきだされた歯は鋭かった。

「スフィンクスはどうした?」そうたずねながら、唯一の武器である小型パラライザーに手をのばす。

「まだ眠っています」

「見張っていろ」わたしはテントから飛びだした。

ネズミ＝ウサギはテントを包囲していた。うしろから見えない壁に押されているのではないかと思えるくらいだ。数匹が跳躍し、空中で急旋回し、仲間のからだの上に着地する。

あたりには低いうなりが満ちていた。ハチの群れがたてる羽音のようだ。

パーナツェルもテントから出てきた。

「こっちに近づいてはこないな」わたしは友を安心させる。

「たしかに」

「スリマヴォを起こせ」

パーナツェルがテントのなかにひっこむと、わたしは周囲をよく観察した。深い森は夜中に見たときより遠く感じられた。恒星スカルファアルはまだ昇っていない。森の方角に対して横方向の、地平線の下にあるはずだ。テントをかこんで明確な一線があり、そこをこえようとするものは一匹もいないのだ。

小動物の行動は謎だった。

「危険はないわ、ジェイコブ」自信にあふれたスリマヴォの声がありがたい。もちろん、そのとおりだった。

少女がわたしの横に立つ。活力をとりもどしたようだ。

「あのなかを歩いていけばいいだけよ」彼女はわたしの手をとり、小動物の輪に近づいていった。

たちまち輪の一部がへこみ、ネズミ＝ウサギがわたしたちの前から後退する。

いや、スリマヴォから逃げているのではないか？　はっきりとはわからないが、なにか異様な気がした。もちろん、わたしはロクヴォルトの動物にくわしいわけではないが。スフィンクスもそれは同じだということは、頭に浮かばなかった。

突然、少女がわたしの横をはなれ、両腕をひろげて群れのほうに駆けだした。動物たちが四散する。スリはそのままテントのまわりを一周した。

やがて動物はすべて地面の穴に逃げこむか、その場から逃げさっていた。

「ほらね、かんたんでしょ」彼女はわけ知り顔でそういい、反論を認めなかった。「荷物をまとめて、出発しましょう。目的地はまだ遠いわ」

「目的地にアルコールがあるなら」パーナツェルはそういって、テントをたたみはじめた。

スリマヴォは答えない。前夜と同じように一心不乱な態度で、通過不可能とも思える森をじっと見つめている。

わたしはちょっととほうにくれた。それでも友に手を貸して、荷物をひとつにまとめる。心づくしの朝食とていねいな身支度は、あきらめるしかなかった。スリマヴォがさっさと歩きだしたから。

少女はまっすぐ森に向かっていった。わたしが荷物を縛って背中にかついだときには、もう二、三十メートルも進んでいた。

「あそこ！」パーナツェルが声をあげた。

長い偽腕をのばし、前夜歩いてきた方角をさししめしている。

見ると遠くの空中に、ちいさな点がふたつ見えた。急速に近づいてくる。研究施設のグライダーにちがいなかった。数分で発見されるだろう。そうなれば、スフィンクスの計画はおしまいだ。ロクヴォルトにおけるペリー・ローダンの代理人であるサルガ・エーケシュとデモス・ヨールンが、われわれの勝手な行動を見逃すはずがない。わたしのなかでは異なるふたつの感情が争いあっていた。そのひとつは、見知らぬ惑星のほとんど調査されていない野生の地への、この無意味とも思える遠征が早々に終わるなら、いいことではないか、というものだ。

だが、もう一方の感情は、目的がなんなのかもわからないまま、スリの行動を全面的に支持していた。彼女はキウープを探している。わかっているのは事実上それだけだ。

パーナツェルの鋭い叫び声でわれに返る。同時に地鳴りの音がして、足もとの地面が揺れはじめた。

数歩うしろで地面が盛りあがり、わたしは本能的に駆けだした。マット・ウィリーもあとにつづく。

破裂音とともに、地面に水柱が生じた。水は高々と噴きあがり、熱い雨が降りそそぐ。

前方を走っていたスリが前を向いたまま、片手でわたしとパーナツェルに合図した。

森のはずれまではわずかにくだり坂になっていて、スピードがあがった。わたしが先にスリに追いついた。

「あれはなんだ？」と、息を切らしながらたずねる。

「間歇泉《かんけつせん》か、温泉みたいね」スリは日常の話でもするような口調で、毫《ごう》も不安を感じてはいないらしい。

いっしょに前進しながら、わたしはちらりと振り向いた。

水は百メートルほども噴きあがり、そこで大きくひろがっていた。細かい水滴が雲をつくり、そのあとゆっくりと地面に落下する。噴出から一分とたたずに、頭上はひろく雲におおわれていた。

そのときようやく、マット・ウィリーが見つけたグライダーのことを思いだした。探そうとしたが、むだだった。熱湯がつくりだした雲がすっかり視界を閉ざしている。明るいグレイの巨大な雲塊は、昇ったばかりの恒星スカルファアルの光を奇妙な色に見せながら、ゆっくりと森のはずれのほうに移動していた。

スリマヴォのうしろを走っていると、またしてもばかげた思いが頭に浮かんだ。噴泉がつくった雲は屋根のようにひろがって、いまにも追いつきそうになっていたグライダーの視界を閉ざした。あの噴泉の出現が偶然ではなく、彼女のしたことだったら……

そんな考えをおさえこみ、足もとに注意を集中する。

地面は石ころだらけで、凹凸がはげしくなっていた。気をつけないと転んでしまう。

森のはずれが近づいてきた。スフィンクスは頭上の雲の動きとぴったりあった歩調で進んでいく。パーナツェルがまたわたしの足に接近したので、うっかり蹴とばしてしまった。

わたしは急いで謝ったが、友は聞いていないようだった。たぶんわたしと同じ考えにふけっているのだろう。

目の前に緑の森が壁のように立ちふさがった。ひと目見ただけで、この木々と藪と蔓の塊りを突破するのは不可能だとわかる。だが、スリはくじけずに進んでいき、最初の木のすこし手前で右に折れた。

パーナッツェルとわたしもそのあとにしたがう。森のはずれの最初の角を曲がると、木々のあいだに開口部が見えた。高さは二、三メートル、幅はわれわれふたりと一体がならんで通れるくらいだ。地面は藪が踏みしだかれている。シュプールはまだ新しかった。せいぜい半ロクヴォルト日前のものだろう。倒れた草や小枝が、まだもとにもどりはじめていない。

「大型で力の強い動物が通ったようです」と、パーナッツェルがわたしのそばでささやく。わたしはロクヴォルトの調査報告について読んだことを、かれには告げなかった。この惑星に大型の動物はいないはずだった。植物だけが異様に大型に育つのだ。

スリマヴォは当然という顔で、木と木のあいだの開口部に足を進めた。まるでだれかがこの道を、われわれのためにつくっておいてくれたかのように。パーナッツェルとわたしがついてくることもまったく疑っていないらしく、振り向きもしない。

わたしは木々にかくれて見えなくなる前に、最後にもう一度だけうしろを振りかえった。

間歇泉はすでに活動をやめ、蒸気の雲も薄れはじめている。雲の層のあいだに、一グライダーがちらりと見えたような気がした。だが、パーナッツェルがわたしの手をつかみ、森にひっぱりこんだ。

「行きましょう。早くしないと、あの子は保護者なしで行ってしまいます」

どっちがどっちを保護しているんだとたずねたい気もしたが、思いとどまった。わたしの想像に根拠はない。すべては偶然かもしれなかった。

森のなかに踏みこみ、どうしてできたのか謎のままの道をたどる。すぐにスリマヴォに追いついた。ねっとりした森の空気が、徐々にわたしを疲労させていく。だが、驚いたことに、スリは疲れたようすをまったく見せなかった。

この数週間でかなりはっきりしてきたのだが、彼女は地球ではなく、どこかのジャングル惑星の出身ではないかと思えた。

わたしはときどき頭上に目を向け、空をおおう樹冠を眺めた。スカルファアルの光も、地上にとどくころにはすっかり弱くなっている。

背後でばきばきと音がして、わたしは足をとめ、振りかえった。三、四本の巨木がわれわれのいない側に折れ曲がり、耳を聾する音とともに、いま通ってきた道をふさいでいく。木の根が持ちあがり、なかば地面からひきぬかれた藪のあいだに横たわる。蔓植物がほかの植物を道づれに落下して、森のなかの通廊を埋めつくした。

そんなスペクタクルがつづいたのはほんの一分ほどで、あたりはすぐにしずかになった。

帰る道はなくなっていた。この木々と藪と蔓の障害物を乗りこえてひきかえすことなど、できるわけがない。

パニックが湧きあがるのを感じる。パーナツェルが数本の偽腕でわたしの右脚にしがみつき、うめき声をあげた。いつものかれにはないことだ。

スリマヴォがゆっくりと振りかえった。目と目があう。たちまち黒い炎のオーラが、わたしのなかに流れこんできた。

スリは前方につづいている道を指さした。

「この道を進めばいいのよ」

その言葉の正しさに、わたしはわずかな疑いさえ持たなかった。慎重にパーナツェルの偽腕を脚からはずし、背中の荷物を揺すりあげる。

「行こう、兄弟」わたしのなかにはあらたな確信が生まれていた。

3

その朝はアデレーアにとって、キウープが姿を消して以来、ロクヴォルトで経験したもっとも忙しい朝だった。これはなかなかの事態だ。あれからもう十週間が過ぎているのだから。

彼女は調子がよくなかった。早めに就寝したものの、いつになく疲れがとれず、全身がだるい。嵐のせいだろう。ぐっすり眠れなかったのは、その前の日、恋人のモーティマー・スカンドにハイパーカムで連絡をとろうとして、つながらなかったせいもあるかもしれない。理由は不明だった。モーティマーはいま、土星の衛星のひとつにいて、宇宙ハンザのための実験をしている。ふたりはすでに三カ月近くも会っておらず、それが体調に影響しているのかもしれなかった。

それでもアデレーアがロクヴォルトにとどまっていられるのは、ずっと年長のサルガ・エーケシュとの関係が良好だからだ。本来、キウープの任務はもっとずっと短い期間で完了するはずだった。だが、あの宇宙の捨て子は姿を消してしまった。地球に連絡したところ、ペリー・ローダンはくりかえし、研究施設の人員がそのまま待機することを要請した。キウープがもどってくると信じているのだ。

「ぼんやりしてちゃだめよ、お嬢さん」サルガの口調には気安さがにじんでいた。「仕事は山ほどあるんだ。デモスはもう《ルツフリグ》の搭載艇で、脱走者三名を探しにいったわ。わたしたちはどんな資材がなくなっているかチェックして、泥棒だか破壊工作員だかを探さなくちゃ」

研究者チームのリーダーは、デモス・ヨールンがコグ船をあとにする前に、特殊ロボットを借りうけていた。冗談で〝シャーロック〟と名づけられたこのロボットは、純粋な記録・評価マシンであり、探偵役にはもってこいの機能を有している。

アデレーアはシャーロックに問題を教えこむ役目をまかされた。ロクヴォルトに到着してからの関係データをすべて、かたっぱしからポジトロン脳に入力するのだ。キルト・ドレル・エーケシュも、やはり疲れきったようすで前夜からの自分の体験を入力して、データを補足している。それ以外の情報は、シャーロックが通信装置と探知装置の記録から直接、読みとることになっていた。

その作業が終わると、アデレーアはロボットに、次はなにを見たいかとたずねた。

「地球からの訪問者三名が宿泊していた部屋を見せてください」外観はごくふつうの人間の男性にしか見えない、シャーロックが要望した。身長は彼女と同じくらいで、目だたない服装をしている。

キルトは短く口笛を吹いた。ロボットの要望は、スリマヴォと同行者二名がこの盗難事件に関わったことをしめしていると考えたのだ。

アデレーアはロボットといっしょに、居住区である第六棟に向かった。スフィンクスとジェイコブ・エルマーとマット・ウィリーが滞在していた場所だ。

シャーロックがいなければ、この件でポジティヴな結果は達成できまい。それはアデレーアにもわかっていた。だが、一方、このポジトロニクスとプロトプラズマのコンビに対し、人間の直感がロボットの能力を凌駕《りょうが》することを見せてやりたいという意欲にも駆られた。

まずはどうでもいい質問で、ロボットの気をそらそうと試みる。シャーロックの鋭敏なセンサーの前では、なんの影響もあたえられないだろうが。

「どうしてシャーロックと呼ばれてるの？」

「わたしの正式名称は〝生体ポジトロン性観察・論理ユニット〟VAR＝2Bです」シャーロックはそういいながら片手をのばし、消えた三名の部屋のドアの開閉機構をスキャンしはじめた。「それでは呼びにくいので、《ルツフリグ》の船長がシャーロックと命名しました。古い時代の人類の探偵からとった名前だと聞いています。ご存じかもしれませんが、ヨールルン船長は熱心な鉱石収集家です。地球にいたとき、惑星フェロルで発見した、きわめて貴重な鉱石トルマフォストが収集品のなかから盗まれました。わたしと知りあったのはそのときです。船長はわたしを当時の主人から借りだし、消えた鉱石のシュプールを追跡させました」

「あなたが犯人を見つけたの？」

シャーロックが答える前に、ドアの開閉装置から声が聞こえた。

「寝ているので、じゃましないで」

「もちろん、これは嘘です」と、シャーロック。「この不思議な少女は、ドアのポジトロニクスのメモリに虚偽データをしこんだのです。インターカムが細工されていたのと同じです」

「そのようね」アデレーアは気さくに応じた。「でも、まだわたしの質問に答えてもらってないわ」

「命令に直接関わる情報の報告は、会話よりも優先されます」

ドアがスライドして開き、シャーロックはなかにはいった。はいってすぐに足をとめる。なにをどうやって観察したのか、アデレーアにはわからなかった。

「トルマフォスト盗難事件はすぐに解決しました」思いがけず、シャーロックはさっきの話のつづきを語りはじめた。「ヨールン船長の居室を観察した結果、部屋に立ちいった者はいないとわかりました。テレポーターなら可能でしょうが、その可能性は排除しました」

「鉱石は消えてなかったってこと？」

「いえ、このかんたんな謎の解明は、観察によって得られた正しい推論の結果です。わたしはそのようにプログラミングされているので、起こりそうにないことも考慮します。実際、かんたんなことでした。観察の結果、ヨールン船長はペットを飼っていると思われました。犬かなにかの小動物でしょうが、その姿が見あたりません。船長に話を聞くと、友人から金星ディンゴを何日か預かったということでした。わたしはその動物を見ていませんが、それが鉱石をのみこんだのだろうと考えました。調べてみると、そのとおりでした。船長はこの奇妙な経験に感銘をうけ、わたしを買いとって、手もとに置くようになったのです」

アデレーアはこのロボットがおしゃべりで、いささか傲慢だと感じた。話題を変えてこちらの気をそらしたのではないかという疑いが、徐々に頭をもたげた。

「ほかの部屋も見てみましょう。もっと手がかりが見つかるかもしれないわ」

「どうしてもっと手がかりが？」ロボットは懐疑的だ。

「わたしも自分で観察したいのよ」ロボットは黙りこみ、次の部屋にはいったが、しばらく全体を眺めただけだった。アデレーアはそんなロボットをじっと観察した。首を左右に動かすようすもない。外からはわからないが、記録センサーを内蔵しているようだ。アデレーアの見解では、スリマヴォと同行者たちは手がかりになりそうなものをなにものこしていなかった。なくなっている備品もない。かれらが地球からなにを持ちこんだのかはわからないし、それはシャーロックにも知りようがないので、まさしく闇のなかを手探りする状態だった。

シャーロックは無言でドアに向かった。自信をなくさせてしまったかもしれない、と、アデレーアは思った。背後でドアが閉まると、ようやくロボットがまた口を開いた。

「キウープのラボがあるメインドームの備品リストが必要です」

「それならわたしのデスクにあるわ。その前に、なにがわかったのか教えてちょうだい」

「まだなにも」その返事は早すぎるように思えた。とはいえ、リストをわたさないわけにはいかない。

「ただ、このリストは不完全なの」フォリオをわたしながらそういう。「キウープはここにいるあいだにも、あれこれ注文していたから」

シャーロックはちらりとフォリオに目をやって、すぐに返した。アデレーアはそんなはったりには惑わされない。ロボットが内容を読みとってコピイするには、ナノ秒単位の時間しかかからないのだ。

ただ、彼女にも有利な点はあった。記載された内容がどの装置をさしているのか、すぐにわかるから。

驚いたことに、シャーロックはメインドームには向かわず、外に出るための近くのハッチに向かった。この通廊は第六棟のなかにある。

機械式ロックは司令センターから遠隔操作できるが、個別にポジトロニクスは設置されていなかった。ロックをいじった形跡はない。ロボットはここではじめて、周辺をふくめてすべてを詳細に調査した。頭部の光学センサーで、ロック機構を仔細《しさい》に観察する。

そのあと、腹這いになって床まで調べあげた。

「最後にここを清掃したのはいつですか？」

「はっきりとはわからないけど、二、三日前だと思うわ。この通廊と出口はほとんど使われないから」

「ははあ」シャーロックは立ちあがった。

アデレーアに目を向けると、

「われわれ、完全に間違ったシュプールを追っていました。スリマヴォたちはたしかにこの出口を使っていますが、研究資材の盗難には関係していません。かすかに見える足跡がそれを証明しています」

「それはどうかしら。盗んだ資材は、先にべつの出口から運びだしたのかもしれないわ」

「いいえ」シャーロックは片手をあげ、ひとさし指を立てた。「こうした状況では、犯人はかならず同じ経路を利用します。しかし、このハッチは一度しか開けられていません。ゆえにスリマヴォたちは犯人ではありません」

アデレーアはもうすこし注意深く意見を述べることにしようと思った。

無言でシャーロックのあとにしたがい、司令センターにもどる。そこにはキルトと一通信士がいるだけだった。通信士は《ルツフリグ》の捜索隊と連絡をとっている。

生化学者はシートにすわって居眠りしていた。

「ハッチ開閉の遠隔操作をどこでするのか知りたいのですが」と、シャーロック。

通信士は二十個ほどのセンサー・スイッチと、その倍のランプがならんだ制御盤を指さした。

シャーロックは盤面カバーを開き、内部の回路を両手でチェックした。

「気をつけて。通電してるわ」と、アデレーア。

「わたしも同じです」ロボットがそっけなく答える。アデレーアは唇を噛んだ。

シャーロックがカバーをもどすと、青いランプがひとつだけ点灯し、声が聞こえた。

「第六棟のハッチは不具合によって一度開放されました。自動閉鎖機構が介入しています」

「いつだ？」と、シャーロック。

キルトが目をさまし、ロボットの行動を見守った。

「八時間十二分前です。べつの不具合により警報がブロックされ、不具合の自動報告も、ちょうどそのとき機能していませんでした」

シャーロックは振りかえった。

「きのう、この司令センターにはだれがいましたか？」

キルトはもの問いたげな顔でアデレーアを見て、とまどったように頭を掻いた。

「記録がないんだ」と、ゆっくりと答える。「昨夜八時まではアデレーアが当直だった。次がわたしで、そのあいだすくなくとも十人くらいがここにいた。いつでも仕事はあるから」

「わたしの当直中は、二十人はいたわね」と、アデレーア。

「質問を変えましょう」シャーロックはまた片手をあげ、ひとさし指を立てた。「姿を消した者たちのだれかが、ここにいましたか？　あるいは、だれかがハッチの制御盤を操作できるような機会がありましたか？」

アデレーアとキルトは、どちらの質問にも首を横に振った。

「では、遠くから影響力を行使したことになります。スリマヴォとエルマーとパーナツェルを拘束したら、徹底した事情聴取を実施するよう勧告します。影響力の行使は、かれらのひとりが所持する装置によるものかもしれません。ここでの調査はこれまでです。窃盗については、スリマヴォたちは関係ありません。次は研究ドームを見てみましょう」

ドームに向かう途中、サルガと出くわした。首席科学者は地球のハンザ司令部とのハイパーカム通信の結果をアデレーアに伝えた。

「スリマヴォたちが消えたことについては、驚くほど重視してなかったわ」サルガが不満そうにいう。「キウープもふくめていずれ出てくると、ローダンは確信しているみたい。あの確信がどこからくるのか、知りたいものね」

シャーロックはキウープのラボで、そこにある資材とリストを比較していった。何度かアデレーアに、これはなんなのかと質問する。彼女はロボットの作業を注意深く見守った。やがて明らかになったのは、それまでの推測よりもはるかに大量の資材がなくなっていることだった。

ひとりの人間が一夜で運びだせる量ではない。彼女はそのことをシャーロックに告げた。

「同感です。消えた資材の総重量は二トンにおよびます。犯人がひとりであることは多くの証拠が示唆《しさ》していますから、犯行は長期間つづいていたことになります」

「スリマヴォたちがロクヴォルトに到着する前から、ということね」アデレーアが確認すると、シャーロックはうなずいた。「つまり、泥棒はキウープということになる。もちろん、自分のものを持ちだしてるだけだから、正確には泥棒とはいえないけど。それに、まだ生きていることもわかった。わからないのは、どうしてそんなことをしたのかってことね。必要なものはぜんぶそろってるのに、どうしてここで実験しないの？」

「それなりの理由があるのでしょう」と、シャーロック。「動機には興味がありません。わたしの任務は、資材を持ちだしている者を発見し、捕まえることです。昨夜もここにきていたのはまちがいありません。今後もあらわれるでしょうから、罠をしかけます。そのために必要なものを、《ルツフリグ》からとってこなくてはなりません」

アデレーアはシャーロック単身でも問題を解決できそうだと考え、あとの仕事をかれにまかせた。どんな罠をしかけるつもりなのかわからず、役にはたてないと思ったのだ。シャーロックが《ルツフリグ》に向かい、アデレーアは司令センターにもどった。そこではサルガが技術者数人といっしょに、ハッチの制御盤を精査していた。ヨールンのコグ船からも応援がきている。サルガのチームにはこの種の装置の専門家がいなかったから。

制御盤を分解しているのは、左腕が義手の白髪の男だった。フロンという名の、《ルツフリグ》の主任技師だ。アデレーアは研究施設の建設時に一度会ったことがあった。本事故で左手を失ったフロンは、かわりに各種の工具をしこんだ義手を装着していた。

来は手があるはずの袖口から、いくつかの工具がつきだしている。作業はロボットにも匹敵するほどすばやかった。

「さて、みなさん」フロンが顔をあげていった。「そのシャーロックというロボットがなにかしたのでないかぎり、第六棟のハッチがここから操作されたのはまちがいありません」

「ロボット探偵によると、ハッチは一度だけ無断使用されたそうですけど」と、アデレーア。

フロンは義手で制御盤をしめした。

「わたしの見るところ、同様の操作はだいぶ以前から実行されていたようです。ひとりなのか複数なのかはともかく、何度も気づかれずに外に出ていたことになります。確実なことはわかりませんが」

「シャーロックは一度だけだというんですけど」アデレーアがくりかえす。

「その奇妙なロボットに、なにもかもわかるわけではないでしょう」フロンは不興げにかぶりを振った。「すべてお見通しという態度だったとしても、そうではないということ。ハッチの操作が数日、あるいは数週間前におこなわれたとしたら、もうシュプールは見つかりませんから」

「結局、たしかなことはいえないわけね」

「わたしの考えはすこし違うわ」サルガが口を開いた。「フロンのいうとおり、ハッチが以前から気づかれずに使用されていたんだとすると、資材を盗んでいたと思われるキウープだけでなく、スリマヴォたちも使っていた可能性が出てくる。ほかのハッチが無断使用された形跡はないんでしょう？」

「そのとおりです」《ルツフリグ》の主任技師は答えた。

アデレーアは疲れを癒そうと自室にもどり、それまでに聞いた話を整理した。フロンとサルガの主張には、シャーロックの推理と相《あ》いいれない部分がある。ロボットの行動には目をみはるものがあったが、どこか信用できないという感覚ものこっていた。

二時間ほど眠ったところで、ドアブザーが来訪者の到来を告げた。

ロボット探偵だった。

「おじゃまでなければいいのですが。眠れましたか？」

「多少はね」アデレーアは微笑した。「ロクヴォルトにおける〝春愁《しゅんしゅう》〟のようなもので、疲れているみたい。なにかわかった？」

「メインドームに犯人を捕まえるためのしかけをしました。それと、サルガ・エーケシュにハッチのコードの変更を依頼しました」

「なんのために？」

「理由は単純です」シャーロックはわけ知り顔の笑みを浮かべた。「前のコードはデモス・ヨールンが知っています。あなたもまた、わたしといっしょにドームを訪れたので、知っているはずです」

「デモス・ヨールン？」あっけにとられて、アデレーアの口は半開きになった。「いくらなんでもやりすぎだわ。自分の主人を疑うなんて」

「わたしはだれも疑っていません」シャーロックは堂々と答えた。「仕事を容易にするため、事前にいくつか準備をしているだけです。犯人はかならず見つけだせると思います」

4

ジャングルのなかに踏みいるほど、スリマヴォの歩調は速くなった。わたしは高い木々の樹冠の下の暑熱のせいで、すぐになにもしゃべらなくなった。パーナッツェルさえ口数がすくなくなっている。かれが荷物の運搬をしばらくかわってくれたので、歩くのはすこし楽になった。

少女は一度も振りかえらずに先頭を進んでいた。急いでいるようすで、進む方角には確信があるようだ。

森のなかの空き地に出ると、彼女はためらうことなくコースを変えた。立ちならぶ木々のわきをすりぬけ、べつの道にはいる。道はもつれあった藪のあいだをまっすぐにのびていた。

正午近くになって恒星スカルファアルが中天高くにかかると、暑熱はさらに耐えがたくなった。研究施設ではこの惑星の殺人胞子や各種の危険な小動物のことを聞かされていたが、いまのところまったく遭遇していない。危険生物はわれわれを避けて通っているようだった。

森のなかの道をつくったはずの大型獣も、見かけることはなかった。これはいかにも不思議だった。踏みしだかれた藪や木々の折れ口は、まだ新しかったから。

こっそり脱出してきたときのことを考える。パーナッツェルもわたしも、スリから同行するようたのまれたとき、危険な殺人胞子のことなど考えもしなかった。一瞬の躊躇もなく、彼女に同行し、手を貸すことにしたのだ。

「あとどのくらい歩くんでしょう？」二百の太陽の星からきた友が弱音を吐いた。

「わからない」わたしはかさかさの舌を動かして答えた。飲料水は徐々にすくなくなっている。

スリは質問に答えない。サンダルを履いただけの彼女のちいさな足は、とっくに傷だらけなのではないかと思えた。わたしの水筒の中身はほんのわずかだ。スフィンクスは自分のちいさな荷物のなかに水筒をいれているが、水を飲むところは見たおぼえがなかった。

わたしは最後のひと口を飲みほし、高純度アルコールをいれたちいさな容器のわずかにのこった中身をマット・ウィリーに注《つ》いだ。パーナッツェルは満足そうにのびをして、感謝するように一有柄眼を振った。

「スリ！」わたしの声はまるで断末魔のようだった。少女は十歩ほど先を歩いている。

「水がもうない」

彼女は足をとめ、自分の水筒をとりだすと、振りかえってそれをさしだした。

目と目があったとき、わたしはたじろいだ。もちろんあの黒い炎が見えたものの、それにはもう慣れている。たいした影響はない。だが、そこにはべつのものがあり、それがわたしをおびえさせた。

少女の目のなかにあったおだやかな欲求が、いまはむきだしの渇望に変わっていたのだ。わたしはずっと昔、不毛惑星ワルカクスで、サーベルタイガーに似た猛獣に出会ったことがあった。スリマヴォの目つきは、あの貪欲な猛獣の目をまざまざと思いださせた。

「わたしの水をあげるわ、ジェイコブ。必要ないから」その声は、目つきとはきわだった対照をなしていた。まるで暖かい春風のささやきのようだ。パニックが即座におさまる。わたしは考えこんだまま、彼女の手から水筒をうけとった。

スリはまた前を向き、なにごともなかったかのように歩きだした。わたしはそのあとを追いながら、なんとか頭をはっきりさせようとした。なにかが妙だと感じていたのだ。少女に最後の水を手ばなさせるのは、ほとんど恥ずべき行為といっていい。だが、彼女を前にすると、反論などできなかった。

これまでに歩いた時間と速度から考えて、踏破した距離はすくなくとも三十キロメートルにはなるだろう。ジャングルはまだつづいている。

恒星スカルファアルが厚い樹冠にさえぎられて見えなくなり、どのくらいの時間がたったかわからなくなったころ、スリがいきなり足をとめた。わたしはもうくたくたで、クロノグラフを見る気にもなれなかった。

つられて足をとめると、うしろからよろよろとついてきていたパーナッツェルが、わたしの膝の裏に勢いよくぶつかった。わたしには文句をいう気力さえなかった。

スリマヴォはじっと立ちつくしている。

「まだ遠いわ」と、断言。「でも、たどりつける。もう川が近いはずよ。そこで水が手にはいるわ」

その言葉にあらたな力が湧いてくるのを感じたものの、わたしは地面に目を落とし、彼女の貪婪《どんらん》な視線を避けた。

ふたたび少女の足音が聞こえ、わたしも前進を再開する。

数メートル進んだところで、障害物が目にはいった。もつれあった木の根が盛りあがり、道をふさいでいる。

「ここまではきたようね」スリが木の根を指さした。わたしにはなんのことかわからない。

「川というのは、どの川です？」パーナッツェルがたずねた。

「ヴィールスの流れよ。大きく蛇行して、この森を迂回しているの。地図をじっくり調べたわ」

「あの木の根は？」と、わたし。

「もう忘れちゃったの？」スリの声はおもしろがっているようだった。「わたしたちが到着する前にロクヴォルトで起きたことを思いだして。サルガが報告してたでしょ」

そういわれて思いだした。

巨大な根っこが泥の谷の研究施設の住民を襲ったのだ。撃退はできたものの、なんらかの悲劇が起きた。くわしいことはおぼえていないが、サルガ・エーケシュの行方不明の父親と関係があったはず。

「根っこ生物のシュプールをたどってきていたのか？」

「その残骸のシュプールをね。これは共生体で、知性を失ってからは本能にしたがって行動してるの。その本能が向かう先は、わたしの目的地でもある。〝一体化衝動〟の力というのは、この残骸を導くほど強いものだから」

わたしにはひと言も理解できなかった。スリマヴォの言葉には意味がないように思える。だが、反論はできなかった。少女の言葉は絶対だ。わたしの思考は自由なのに、舌が動くのを拒否するのだ。

根っこ共生体は数週間前に研究施設を襲撃したのち、殲滅《せんめつ》された。すくなくともひどい傷を負い、だれもが死んだと思っている。だが、ジャングルのシュプールはまだ新しい。それはまちがいなかった。

どうも辻褄《つじつま》があわない。スリの説明を聞いても、そんな思いが頭をはなれなかった。

パーナツェルが根っこ生物の残骸に近づいた。

「生命はありませんが、これでは通過できません」

一瞬、ジャングルのざわめきがしずまりかえる。だれかに耳をふさがれたかのようだ。

スリマヴォのやさしく説得力のある声が、氷のように冷たく響いた。

「どんなものにもじゃまはさせないわ！」決意ではなく、それが事実だと知っている口調だった。その声が空気を震わせる。わたしの背中に冷たいものがはしったが、それは少女の目を見るまでのことだった。

スリは微笑している！

「もちろん、われわれふたりなら、死んだ怪物の上に登って乗りこえることができる。だが、パーナツェルには不可能だ」

それでもスリマヴォは先に立って、木の根を登りはじめた。ジャングルの音がゆっくりともどってきた。疲労のあまり、耳がおかしくなっていたようだ。

木の根を乗りこえるのがかんたんなことに思えてきた。マット・ウィリーもついてくる。パーナツェルはからだを長くしてのびあがった。しっかりした足場を見つけ、偽腕でわたしの背中の荷物をつかみ、からだをひきあげている。

少女は猫のように敏捷《びんしょう》に登っていった。一度わたしのすぐそばを通ったが、その顔には汗ひとつ浮かんでいなかった。どうして平気なのか、不気味なくらいだ。

パーナツェルが最初に頂上にたどりつき、歓声をあげた。

「川が見えます」そういって、前方をさししめす。

わたしは最後の一メートルを登りきった。前方には藪や木々がひろがり、五十メートルほど先に、ジャングルのなかをはしるヴィールスの流れが見えた。川岸には砂の河原もある。

だが、そこまでのあいだには、びっしりと木々が生い茂っていた。

「力は充分だわ」スリマヴォがわたしの横でいった。

「なんの力だい?」

「川にたどりつく力よ」

「根っこ生物の残骸がまだ生きていて、ここまでジャングルのなかに道をつくってるってことを、どうして知ってた?」

そうたずねたとたん、罪悪感にとらわれた。どうして彼女の言葉を疑うようなことをいったんだ?

スリはまた微笑した。

「知ってたなんて、いついったかしら？」

わたしは黙りこみ、パーナツェルのようすを見た。すでに反対側におりはじめている。

木の根からおりた先に道はなかった。

わたしもあとを追いながら、頭のなかは疑問でいっぱいだった。根っこ生物が死んだのは数週間前だ。ロクヴォルトに関する説明を聞いたかぎりでは、この世界に同種の生命体はほかにいない。

サルガの息子のキルト・ドレル・エーケシュが怪物を殺したのに、その残骸が数週間後も生きていて、ジャングルのなかに数十キロメートルも道をつくった？　あまりにもありそうにないことに思えた。

わたしはスリのなにを知っている？　知らなさすぎて、はっきりしたことがわからなかった。

木の根を乗りこえた先には、高さ十メートルをこえる緑の壁が立ちふさがっていた。息がつまるようで、不安を感じる。パーナツェルが身をよせてきた。

「二百の太陽の星を出てこなければよかったと思います」と、ささやく。

最後におりてきたのはスリだった。平然とした顔をしている。

「先に進めないぞ」わたしはおだやかに指摘した。

「気をつけて！」と、少女が警告の声をあげた。同時にわたしの耳にも、しゅうしゅう、ずるずるという音が聞こえた。近くだがもう見えなくなった、川のほうからだ。

目の前の藪が動いて、巨大な頭がつきだした。蛇に似ているが、はるかに力強そうだ。ふた股に分かれた舌が、すぐそばに立っていたパーナツェルを舐《な》める。マット・ウィリーはあとずさった。

スリは荷物のなかに銃をいれていなかった。あるのはわたしの小型パラライザーだけだ。この相手に効果があるのかどうか、はなはだ疑わしい。

大蛇に銃口を向けると、相手は威嚇《いかく》するような音をたて、二メートルほど後退した。

「あとを追って!」スフィンクスの言葉は、無条件にしたがうべき命令のように響いた。わたしは藪のあいだのせまい隙間に突進した。指はパラライザーの引き金からはなさない。蛇の全身が見えた。体長は十五メートルから二十メートルくらい、多数の短い脚があり、動くときはその脚と、胴体の動きを併用している。

蛇は全力で藪をつっきり、木々を迂回して逃げていた。わたしは盲目的な熱意につきうごかされ、蛇を追跡した。荷物は藪をつっきるのにじゃまなので、肩から滑りおとした。

この無意味な追跡劇がどのくらいのあいだつづいたのか、あとから考えてもわからない。蛇に追いつくことはできなかった。ヴィールスの流れの砂の河原に出る直前、蛇は大きく跳躍し、川のなかに姿を消した。

わたしは荒い息をつきながら、砂の上に立っていた。徐々に理性がもどってくる。パラライザーはいつのまにかコンビネーションのなかにおさまっていた。

振りかえって、遅まきながら気がつく。わたしは根っこ生物の死骸からヴィールスの流れまでの困難な道のりを踏破していた。蛇がジャングルをぬける道をつくってくれたのだ。

当然のことながら、スリマヴォとパーナツェルも姿をあらわした。あとからのんびりと追いかけてきたのだ。マット・ウィリーが無言で荷物をわたしの横に置いた。

「筏《いかだ》がいるわね」スリが平然とした顔でいった。蛇のことにも、わたしが追跡したことにも、まったく触れようとしない。「流れに乗っていけば、目的地につけるわ」

河原の近くに生えている、あまり太くない木々を筏の材料に選ぶ。斧は荷物のなかにいれてあった。パーナツェルはナイフを手に、いくらでも垂れさがっている蔓を切りだした。

スリは温かい砂の上にすわり、ヴィールスの流れの黄色く濁った流れを黙って見つめていた。わたしはこっそりその姿を眺めながら、意識がどこか遠くに飛んでいるようだと思った。

突然、スリが立ちあがった。

「そのままつづけて。すぐにもどるわ」

そういうとわたしの水筒をとり、上流に向かって歩きはじめる。その姿はすぐに川の湾曲部の向こうに見えなくなった。

「どういうことでしょう？」少女がいなくなると、パーナツェルが小声でたずねた。

「わからない」わたしは正直にそう答えた。「ときどき、あの子の意志に操られてる気がすることがある。わたしはどうして、あの蛇のあとを追いかけたりしたんだ？　追いかけてもどうにもならないのに」

「わたしもときどき、そういうことがあります。自分が自分でないみたいな」

その話はそこまでにして、筏の建造に精を出す。木々は柔らかく、加工は容易だった。パーナツェルは器用に木と木とを結びつけた。

作業が終了する直前、スリがもどってきた。筏を見て、どうやらその出来に満足したらしい。パーナツェルは長い櫂《かい》もつくっていて、水深が浅くても川底をついて進めるようになっている。最後にかれは細い蔓を使って、荷物を筏の中央に縛りつけた。

筏を川に浮かべるときも、自分の行為そのものがじつに不合理だということは、一瞬たりとも頭に浮かばなかった。

ヴィールスの流れはほぼ一定していて、とくに急なところはなかった。川幅は百メートルほどあり、筏は徐々にその中央に近づいていった。行き足がすこし速くなった。

スリはわたしとパーナツェルに背を向けて、筏の先端に立っていた。見るとわたしの水筒が、水を満たしてその腰にさがっている。彼女は振りかえり、水筒をさしだした。パーナツェルは櫂を操っている。

わたしはしゃがんだまま、水筒の水を大きくひと口あおった。川のまんなかでも、暑熱はジャングルにいたときと変わりない。

冷たい水で喉を潤したあと、考えこんだ。スリはどこで水を見つけたんだ？　その点にはひと言も触れない。

わたしは雲ひとつない午後の空を見あげた。研究施設をぬけだしたことは、もう露見しているはず。朝方見かけたグライダー二機の存在は、ほかに説明がつかなかった。捜索隊はどのあたりを探しているだろう？　捜索範囲があまりにひろすぎて、よほどの偶然がないかぎり、出会うことなどないのだろうか？

スリに説明してもらいたいことは山ほどあるが、彼女は黙ったままだ。なぜか気がひけて、こちらから質問もできない。

川の左右に迫るジャングルは、退屈になるくらい単調だった。ときおり緑の壁に穴があいているのは、大型動物のしわざだろう。

細い支流が見えてくるとスリが身動きし、右手をさししめした。

「あの支流にはいって」

わたしとパーナツェルは協力して櫂を操り、筏の方向を変えた。支流といっても川幅は二十メートルくらいあり、乗りいれるのはむずかしくない。

ジャングルは岸まで迫っているものの、ところどころに巨岩の露頭が見える。進むにつれて岩はさらに多くなった。

櫂が川底にとどくようになり、パーナッツェルは川底をついて筏を進めた。スリマヴォは無言で進む方向を指示している。

ヴィールスの流れの本流から一キロメートル以上はなれたと思えるころ、支流の水深はさらに浅くなり、周囲のようすも大きく変化しはじめた。

右手には岩がちの平原がひろがっている。それが巨大な岩の露頭にとってかわった。ますますせまくなる川の中央を進まないと、倒木の幹に乗りあげてしまいそうだ。

水路が大きく曲がり、行きどまりになった。

目の前には通過してきたジャングルとはまったく異なる、非現実的な風景がひろがっていた。

急峻《きゅうしゅん》な岩壁がのびあがり、そこに無数の水路や水盤が刻まれている。ひと目見て、自然にできたものではないとわかった。他方、その配置にはまったく統一性が感じられない。人工的な印象なのに、あまりにもランダムなのだ。

筏は浅瀬につきすすみ、座礁した。岸まではほんの数メートルだ。

スリはまっさきに水のなかに飛びおり、近くの岸に向かった。上陸し、ゆっくりとあたりを見まわす。岩だらけの地上を調べているようだ。

「行きましょう」パーナッツェルがいい、備品のはいった荷物をとりあげた。

わたしはそれを肩にかつぎ、くるぶしほどの深さの水のなかにおりたった。マット・ウィリーもあとにつづく。

恒星スカルファアルはすでに地平線近くにかたむいている。ここから見ると、地平線はジャングルの樹冠だ。それが岩の平原の上に奇妙な影を落としている。滑らかに見える水路や水盤のあいだには、黒々とした部分がところどころに見えていた。

「あれは洞窟かな？」わたしは声に出してたずねた。

奇妙なこだまが返ってきた。巨岩のそれぞれに音が反響している。

スリマヴォが二、三歩前進してかがみこみ、朽ちた木片のようなものをひろいあげた。

「昔はここで生きていたんだわ。そこここの、岩と洞窟と土のあいだに」

「だれのことをいってるんです？」パーナッツェルがたずねる。

「巨大な木の根よ。あれがのこしていったシュプールがわからない？」

そういわれて、人工的なのに不規則な配置の意味がようやくわかった。

「でも、もう生きていない」スリが無頓着に先をつづける。「ほとんど完璧な世界をつくりあげていたのに。怪物的なものは、いつかかならず自然界から排除されるわ。あとにはシュプールだけがのこり、それもいつか消えさってしまう」

少女は木の根の破片を無造作に投げすてた。

「わからないんだが、ここでなにを探しているんだ？」と、わたしはたずねた。

スリに視線を向けられ、わたしはすぐに質問したことを後悔した。

「根っこ生物の洞窟はまだのこっているわ。そこは複雑な生命体が生まれるのに理想的な環境なの。あの木の根も複雑な共生体だった。探しているのは正しい入口よ」

たぶんここには、かつて何百という根っこ生物が住んでいたにちがいない。その痕跡は部分的に風化し、スリもかれらはもういないといっているので、危険はないと考えていいのだろう。

だが、少女はここでなにをする気なのか？

「あれだわ」そのときスリがそういって、三十メートルほど上にある暗い穴を片手でさししめした。「あれが入口よ」

わたしは荷物をどさりと地面におろした。

「もう一歩も歩けない」と、疲れた声でいう。「ここでなにをするつもりなのか、教えてくれないかぎり」

「それは知っているはずよ、ジェイコブ」少女の声はおだやかだが、目には貪婪な光があった。「キウープを探しているの。それがすべてよ。あなたも知っているから、いっしょにきたんじゃない」

黒い炎がわたしを圧倒するのに、それ以上の言葉は必要なかった。わたしはため息をつき、荷物をかついだ。

パーナッツェルはもう岩を登りはじめていた。われわれをロクヴォルトの冥界に導く、不気味な黒い開口部に向かって。

そこにたどりついて、暗黒の喉の奥へとおりはじめたとき、スカルファアルはすでにジャングルの樹冠の向こうに沈んでいた。わたしは恐怖に襲われた。一瞬、ロクヴォルトの地表をあとにするだけでなく、この宇宙そのものから永久に消えさってしまうような気がしたのだ。

5

地球からきたふたりと一体のゲストのシュプールがようやく見つかったのは、闇が落ちる直前のことだった。コグ船《ルッフリグ》の捜索隊が、スリマヴォたちが一夜をすごした野営地の跡を発見したのだ。そのことはただちに研究施設の司令センターに伝えられた。そこではサルガ・エーケシュとデモス・ヨールンをはじめとする面々が、次の一歩を協議している。

《ルッフリグ》の機材を研究施設の装置で補完すれば、夜間の追跡にも支障はない。ただ、相手はすでにかなり先行していた。

「向こうは徒歩です」アデレーアが指摘した。「車輛は一両もなくなっていません。なぜそんな不利な逃げ方をしたのかはわかりませんが」

「とにかく、なにか不幸な事故が起きる前に確保しないと」と、サルガ。「わたしがここで指揮をとるから、デモスはシュプールを追跡して、スリを捕まえてきて」

コグ船の船長はただちに了解した。

《ルッフリグ》で行こう。そうすれば、なんでも使える」

「なんでも、というわけにはいきません」シャーロックが反論した。「わたしには泥棒を捕まえるという任務があります。罠をしかけましたので、わたしは研究施設にのこりたいと思います」

「おまえはいなくてもだいじょうぶだ」と、ヨールン。「野外での捜索になるから、とりあえず必要ない」

「すべての作業を遺漏なく実施する必要があるわね」サルガが断をくだした。「アデレーア、あなたはシャーロックに協力してちょうだい。デモスはすぐに捜索に出発して」

船長はテレカムで、泥の谷からそう遠くない岩の高台に着陸しているコグ船を呼びだした。だが、そこにふたたび捜索隊から報告がはいった。近くのジャングルに獣道《けものみち》を発見したという。シュプールから見て、スリマヴォとジェイコブ・エルマーとパーナツェルがそこを通ったのはまちがいない。

ヨールンはその場にグライダーを待機させ、自分が《ルッフリグ》で到着するまで待機するよう命じた。

「長くて不安な夜になりそうですね」アデレーアがいった。「疲れているので、二時間ほど仮眠させてください。シャーロックがどんな罠をしかけたのか知りませんが、発動したら起こしてくれるでしょう」

サルガは了承した。司令センターにのこったのは、彼女と五人の研究員だけだ。真夜中を過ぎたらキルト・ドレル・エーケシュと交代する予定だが、経験豊富なサルガには、眠れない夜になることはわかっていた。ヨールンはコグ船で現場に向かっているが、すぐに結果が出るとは思えない。

シャーロックは司令センターにちょっとした仕掛けを設けた。人間たちはそれを黙って見ていたが、やがてサルガが、なにをしているのかとたずねた。

「二種類の監視装置を設置しました」ロボット探偵が自信たっぷりに説明する。「きょうの正午から、研究施設全体をかこむ、不可視の監視・警報装置を作動させます。泥棒がやってくれれば、どこかでこの警戒線を通過することになります。すると、ここに報告がはいります。空から侵入しても同じです。泥棒が侵入したとわかったら、第二の装置が作動します。キウープのドームのコードは変更しましたから、なかにはいれるとは思えませんが、確実なことはいえません。わたしの知らない解除装置があるかもしれませんから。そこでドームにもセンサーをとりつけ、だれかがはいってきたらわかるようにしました。また、自動録画装置も設置して、侵入者の映像を記録できるようにしてあります。そのすべてを回避されても、自動発信機が犯人のシュプールを追跡し、どこに向かったかわかるようになっています。これがわたしの罠の全容です。結果を出してくれるでしょう」

「ひとつ見すごしていることがある」と、一技術者が指摘する。「泥棒がくるかどうか、わからないという点だ」

「たしかに、その点は不確定です」と、シャーロック。「ただ、かならずくるはずと推測しています」

なにごともないまま、数時間が過ぎた。定期的にヨールンから報告がはいってくるだけだ。真夜中すこし前、《ルッフリグ》から、ヴィールスの流れのほとりでスリたちが筏をつくったシュプールを発見した、と、報告があった。

「下流にしか行けないはずだ」テレカムからヨールンの声が響く。「その方面の捜索を続行する」

かれは死んだ根っこ生物の映像を送ってきた。しばらくして、キルトが興味深そうにそれを検分した。

「これがほんとうにあの死んだ共生体の一部だとすると、全体の五十分の一くらいの大きさだろう。その程度なら、爆発を生きのびたことも考えられる」

サルガは黙りこくっていた。なにかいえば、父親の凄惨な死にざまを思いだし、意気消沈するから。遺品である弦の切れたバイオリンは、いまも彼女の部屋に置かれている。それは四年前、よくわからないかたちで根っこ共生体の一部にとりこまれたプレスター・エーケシュの、最後の思い出のよすがだった。

鋭いブザーの音に、彼女ははっとした。シャーロックが勢いよく立ちあがり、装置を見つめる。

「泥棒が外側警戒線を通過したのね」と、サルガ。

「いいえ」シャーロックの声には驚きがにじんでいた。顔には人工的に生成された、意外ななりゆきにとほうにくれた表情が浮かんでいる。「既存の一連の事実を考えなおす必要があるようです。もっと推論を押し進めないと」

ほかの者たちもロボットのまわりに集まってきた。装置のランプが明滅する。

「泥棒は侵入者ではありません」と、ロボット。「そもそも、侵入していません。最初から研究施設内にいたのです。この信号は、だれかがキウープのドームにはいったことをしめしています。ここから導かれる結論は、わたしの当初の推理を根底からくつがえすものです。窃盗犯はキウープではありません。これはきわめて無意味なことに思われます。なぜなら、キウープ以外、盗みだした装置や資材をあつかえるはずがありませんから」

「つまり、研究員のなかに泥棒がいるということ？」サルガが暗い声でたずねる。

「そのとおりです。さて、わたしは罠のほかの部分も調べてみなくてはなりません」

シャーロックは装置のボタンをいくつか押した。

「なにかごちゃごちゃした波形が送信されているぞ」監視装置をモニターしていた通信

士がコメント。

「気にしなくてかまいません」すぐにシャーロックが応じた。「発信機は正しいシュプールを追跡しています」

スクリーンが明るくなった。2D映像の画面に、光点がひとつだけ見える。

「これが犯人です」シャーロックが満足そうに告げる。

「気にいらないわね」サルガはロボット探偵の奇妙な装置を指さした。「わたしが部下といっしょにメインドームに行って、犯人を捕まえてくる」

「わたしならそうはしません」と、シャーロック。「犯人が盗品をどこに運ぶか、わからなくなりますから」

「いいでしょう」サルガは譲歩した。「ただ、せめて、いまなにが起きているのか説明してもらいたいわ」

「まず気づかれることのない小型発信機が、犯人に付着しています」シャーロックは光点を指さし、ダイヤルをまわした。ドームの輪郭が薄い線で表示される。「犯人はいま、ラボを出たところです。コードを変更した正面出口を使いました。残念ながら、発信機のゾンデの映像を直接呼びだすことはできません。犯人がすこしはなれるまで待ってください。たぶん盗品のかくし場所に向かうでしょう」

そのとき、きわめて奇妙なことが起きた。犯人の位置をしめす光点が、メインドームと隣接する大型ラボふたつの片方をつなぐ通廊を、まっすぐ横切ったのだ。そこは、根っこ共生体が出現したドームだった。

光点はドームにはいる手前で方向を変えた。ただ、そこにはハッチもなにも存在しない。

「どうなっているの？」と、サルガ。「壁を通りぬけられるわけでもないでしょうに」

シャーロックは無言で、じっと光点の動きを見つめていた。それはいま、施設全体をとりかこむ監視装置の警戒線に近づいている。

ここでロボットも周囲の人々も、第二の驚きに襲われた。敏感なセンサーの探知範囲を通過しても、警報が鳴らなかったのだ。

「装置が故障しているようだな」と、一研究者。「それとも、警報システムがいかれているか」

「その推論は見当はずれです」シャーロックが反論する。「わたしの考えとはいささか異なるなりゆきですが、方法論は間違っていません。いま、すべきことはふたつ。メインドームの映像の入手と、発信機の信号の追跡です。わたしはメインドームに行きますから、信号を監視していてください。これで犯人が盗品を置いている場所がわかるはずすぐにもどります」

シャーロックは返事も待たず、司令センターから駆けだしていった。

サルガとキルトがロボットの追跡装置に目を向ける。

「デモスが人影を見たといっていたあたりだな」と、キルト。

研究施設の周囲の照明を点灯するメイン・スイッチをいれる。そのあと監視カメラを作動させ、光点の位置に対応する映像を呼びだした。

だが、画面にはなんの動きも見られなかった。それまでに光点が通過した場所の映像も呼びだして確認したが、やはりなにもうつっていない。

「犯人は透明人間なのかしら」と、サルガ。

「違います」ちょうどもどってきたシャーロックが答えた。「地下を移動しているのです。わたしの警戒線をすりぬけられた理由は、ほかに考えられません。一方、そうなると、やはり外からきたという可能性が出てきます。くるときも同じようにしたのかもしれません」

シャーロックは監視装置に近づいた。

「目的地はヴィールスの流れだな」と、キルト。「あるいは、その先のどこかだ」

侵入者が研究施設の敷地から一キロメートル以上はなれたので、サルガは警報を発した。グライダーが五機、サルガの合図でいつでもスタートできるよう待機している。犯人が気づくとは思えなかった。

「映像はどうだったの?」サルガがシャーロックにたずねる。

ロボットは悲しげな表情を浮かべた。

「残念ながら、じつにうまく変装していて、手がかりになりそうな映像はありませんでした」

ぶれのはげしい静止画像を数枚、サルガに見せる。

「人間ね。フードをかぶっているけど、それはまちがいない」

「キウープの可能性もある」と、キルト。「この画像では、脚が二本あることくらいしかわからないが」

かれらは監視装置に注意をもどした。光点は川まであとすこしだ。

「キウープではありません」シャーロックがいきなりそういった。「わたしがここにいて、罠をしかけていることを、キウープだけは知らないのです」

「どっちにしろ、同じことだわ」サルガの声はかすれていた。「だれなのか、この目でたしかめてやる」

サルガはグライダーをスタートさせ、自分もいっしょに乗っていった。司令センターの指揮はキルトにまかせる。

グライダーは問題の地点まで、しずかに飛行していった。到着すると投光器を点灯したが、なにも発見できない。

サルガは着陸し、部下を散開させた。川岸の泥のなかに、いくつもの深い穴が見つかった。根っこ共生体が穿《うが》ったものだ。光点の正確な位置は、その都度テレカムで報告がはいる。

「一帯を円形にとりかこんで、輪を徐々に縮めていくのよ！」サルガが叫んだ。「どの穴にかくれているかわからないから」

遅れてアデレーアがサルガのところにやってきた。まだ眠そうな顔をしている。

「もっと早く起こしてくれたらよかったのに。文句はいいませんでしたよ」

「ことが急展開したの」サルガがすまなそうにいう。「ただ、泥棒はまだ捕まっていないわ」

事態がシャーロックの思惑と違ったことを手みじかに説明し、こう締めくくる。

「あのロボット探偵は、ひとりで事件を解決したいみたいだけど」

しばらくして、川のすぐそばの穴の奥から、盗まれた資材がいくつか見つかった。フードのついた袋状のマントもあり、あとで裾のあたりから、シャーロックの発信機も発見された。

ただ、犯人のシュプールはない。

「地下トンネルで研究施設にもどったようね」と、サルガ。「ここに急行したけど、むだだったわ」

アデレーアはシャーロックの失敗を聞き、見るからに満足そうなようすだった。

「あなたに異存がなければ、この件はわたしがひきつぎます。論理的に考えて、メインドームのどこかに、根っこ共生体がつくった地下トンネルへの入口があるはずです。かくしてあっても、発見するのはかんたんでしょう。泥棒が本当に資材を必要としているなら、たぶんここにとりにくるはず。以前に盗まれたものも、ここにはありませんし。盗品はこのままにして、ここに見張りを配置しようと思います。よろしいですか？」

サルガはあくびをした。

「それでいいわ。デモスのあのロボット、わたしもうさん臭いと思っていたの。シャーロックぬきでやることにしましょう」

アデレーアはテレカムでキルトに連絡し、必要な機材を送ってもらうよう手配した。研究チームから人手を割《さ》いて、夜が明けるまで作業をする。技師のフロンが熱心に手伝った。

彼女が満足して研究施設にもどろうとしたとき、シャーロックが声をかけてきた。

「地下トンネルの入口を発見しました」ロボットが自慢げに報告する。

「空洞探知機を使えば、すぐに見つかるわね」アデレーアは微笑した。「でも、見つけてくれてよかったわ。こんどはわたしが、あなたに泥棒の捕まえ方を教えてあげる」

シャーロックは無言で彼女に背を向け、立ちさった。

＊

ふたりの女は昼食後にまた顔をあわせた。サルガがブラック・コーヒーを飲んでいるテーブルに、アデレーアがいっしょに腰をおろした。

「デモス・ヨールンのほうの成果はどうです？」アデレーアがたずねる。たっぷりと休息をとったようだ。

「ほとんどなにも。まだヴィールスの流れで、スリマヴォたちのシュプールを探してる。筏で下流に向かったのはまちがいないけれど、上陸地点がわからなくて」

「わが友シャーロックのようすはどうですか？」

サルガはちいさく笑った。

「だれかにへこまされたようね。多くは語らないけれど、研究施設じゅうをうろつきまわってるわ」

「わたしのやり方で泥棒を捕まえる、と、はっきりいってやりましたから。昨夜の失敗もあって、落ちこんでいるんでしょう」

「いっしょに司令センターにくる？」と、首席科学者。「あなたも活力をとりもどしたようだから」

「きょうの午前中も二時間ほど仮眠をとったんです」と、アデレーア。「それと、モーティマーに連絡がつきました。仕事がうまくいっているようで、それがわたしにもいい影響をあたえているんでしょう。数週間もはなれているのは、つらいことです。ここでの仕事がまだ終わらないのは、当然、あの人には気にいらないでしょうね」

サルガがなにか答えようとしたとき、全域スピーカーから声が流れた。

「サルガ・エーケシュ、至急、司令センターへ」《ルツフリグ》の技師、フロンの声だった。かれはヨールンに同行せず、研究施設にのこっている。「ヴィールスの流れで異変が起きています」

「行きましょう！」サルガは椅子を蹴って駆けだした。

司令センターは騒然としていた。全員が三スクリーンの前に集まっている。サルガとアデレーアは苦労して、やっと画面が見えるところまで押し進んだ。

アデレーアは科学者と技師の協力で、盗品がかくされた穴を監視するモニターを設置していた。数時間前からそれを監視していたフロンが、異変に気づいたのだ。

「川から異生命体が出てきたんです」フロンは画面を指さした。「そいつらが盗品を川に運びはじめました。これを見てください」

女ふたりははじめて、その水棲《すいせい》生物を目にした。魚というか、地球のイルカに似ている。体長も同じくらいだ。はっきりと違うのは、からだの下部にある透明な袋だった。袋は明らかに肉体の一部だ。

だれかが〝ロクヴォルトイルカ〟という言葉を使い、以後はそれがこの生命体の名前になった。

かれらは鰭《ひれ》を使って、不器用に水中から岸にあがってきた。そのさい、袋は片側に押しやられ、ほとんど見えない。目的は前夜、未知の泥棒がキウープの研究ドームから盗みだした資材だった。

ロクヴォルトイルカたちは鼻先を使って、苦労しながら資材を袋にいれていく。そして、きた道をひきかえし、川のなかに姿を消した。

科学者たちの話によると、あの動物は明らかに本能にしたがっているだけだという。だれかが訓練して、ああいう行動をとらせているということ。

「黒幕はキウープね」サルガは断言した。「逃がさないわよ。アデレーア、わたしのグライダーを用意して。キルトとフロンも同行してちょうだい」

男ふたりはうなずき、アデレーアは必要なものをとりに、もう外に駆けだしていた。

二分後には、かれらはグライダーで川に向かっていた。研究施設との通信で、イルカが資材をすべて運びだしたことがわかる。

「問題ありません」《ルツフリグ》の主任技師はグライダーの探知機をオンにした。

「盗品には大量の金属部品がふくまれるから、かんたんに追跡できます。川底深くにもぐられても、見失う心配はないでしょう」

キルトはグライダーをヴィールスの流れの中央によせ、イルカたちが泳ぎさった下流に向かった。フロンの探知機に、すぐに反応がある。

ロクヴォルトイルカたちは目をみはる速度で進んでいた。深みを泳いでいるので、上空からは黄色く濁った川のどこにいるのかわからない。

「気づかれないでしょうか？」アデレーアが不安を口にした。

「わからない」サルガはかぶりを振った。「それにしても、この惑星を数カ月調査したというのに、あのイルカの存在に気づかなかったなんて」

「わたしはひとつ、気づいたことがある」キルトは一瞬も下から目をはなさなかった。生い茂った木々が、あちこちで川の上におおいかぶさるようにのびているのだ。「いま進んでいるのは、デモスが《ルツフリグ》で捜索しているのと同じ方角だ。スフィンクスが仲間と姿を消した方角ということ。なにか関係があるにちがいない」

「キウープよ。そうにきまってる」と、アデレーア。

サルガはコグ船と交信し、あらたなシュプールのことをヨールンに報告した。船長はそれでもなお、消えたふたりと一体の捜索をつづけるという。

二時間後、探知機の画面にうつるイルカの速度が遅くなった。やがて近くの山から流れてくるらしい支流にはいる。サルガはそのあたりの地形にくわしくなかった。研究施設の仕事には関係ないので、興味がないのだ。

イルカたちは流れに逆らって泳ぐかたちになり、さらに速度が落ちた。支流の水は澄んでいて、泳ぐ姿が肉眼でも見える。

アデレーアはグライダーの側面から身を乗りだし、双眼鏡でイルカを観察した。盗品がはいっている袋もはっきりと見える。

「あれを見て！」サルガが叫んだ。

景色が一変していた。ジャングルは消え、藪もないちいさな木立が岸辺に点々とあるだけだ。木立のあいだには岩の露頭が見えている。大量の枯死した大木も転がっていた。ここではげしい戦闘があったようにしか見えない。

「以前ここでカタストロフィが起きたようね」サルガがつぶやいた。「若い木々は、せいぜい樹齢二十年くらいでしょう。見てわかるかぎりでは、かなりあとになって生えてきたらしいわ」

巨大な根も見えた。ばらばらにひきさかれ、大岩の上で腐っている。一部は川のなかに垂れさがっていた。

サルガは双眼鏡で死と荒廃の大地を見わたした。そこここで、あらたな生命が芽吹きはじめてもいる。

「巨大な根は二種類あるようね」と、驚いたようにいう。「根っこ生物二体がここで戦って、勝者はいなかった。どちらも瀕死の重傷を負い、死んでしまったんでしょう」

キルトはなにかいいたそうな視線を母親に向けたが、黙ったままだった。すくなくとも一体がこの無意味な戦いを勝ちぬき、共生体生物として生きのびたことは、だれもが知っている。

その荒廃した土地を過ぎると、大きな滝があった。五十メートルもの高さから水が流れおち、ひろい湖をつくって、そこからまた川が流れでている。

ロクヴォルトイルカたちは滝の手前で停止した。フロンはその湖に、同じ種類のイルカがほかにもいることに気づいた。

キルトはグライダーを空中で静止させた。ふくらんだ袋を持ったイルカたちが水面に浮上し、滝の右側の岸に近づいていく。かれらはそこで苦労して岩の岸にあがり、戦利品を袋から出した。

すべての資材をとりだすのに十分ほどかかり、そのあとイルカは湖にもどって、仲間たちと合流した。

「ここも中継地点のようですね」と、アデレーア。キルトはグライダーで盗品の山のすぐ上を飛んでみた。水棲動物がしばしばやってくるらしいシュプールはたくさんあったが、今回運びこまれた以外の資材は見あたらない。

「同感ね」と、サルガ。「ここにとりにくるんでしょう。問題は、いつ、だれがってこと」

「キウープですよ。わかるんです」と、アデレーア。

フロンは話にくわわろうとせず、グライダーの周囲を忙しく探知していた。

「滝の奥に洞窟がある」と、フロンが報告。「出入口はここだけだ。奥行きは不明だが、山のかなり内部までつづいているようだ」

「キウープのかくれ場ですね」と、アデレーア。

「すぐにわかるわ」サルガはグライダーのコンソールをこぶしでたたいた。「待ち伏せする。キルト、目だたないかくれ場を探して。なにが起きるか、そこで見張ることにしましょう」

グライダーは巨大な岩のかげに着陸した。そのあいだに、サルガは研究施設とヨールンに現状を報告した。

《ルツフリグ》がわずか八キロメートルしかはなれていない位置にいると聞いても、彼女は驚かなかった。ヴィールスの涸《か》れた支流のひとつで、スリマヴォたちが乗りすてた筏を発見したという。

「そこにいてちょうだい、デモス」彼女は狩猟熱にとらわれていた。「ここで夜まで待って、なにも起きなかったら、滝の向こうの洞窟に突入を試みる。場合によっては、そっちに応援を要請することになりそうね」

6

洞窟内を進むことの唯一の利点は、涼しさだった。ここではジャングルの暑熱も、ヴィールスの流れの湿気も縁がない。だが、それ以外は驚きの連続だった。

スタート直後、あぶないところで岩崩れに押しつぶされそうになった。空洞の天井はとてつもなく高く、投光器で照らしても光がとどかないほどだ。

パーナツェルも荷物にいれてあった小型投光器を持っていた。スリがどうしても二個持っていくと主張したのだ。夜中に進むためだと思っていたが、いまでは最初からすべて計画していたのではないかと思える。

もちろん、ばかげた妄想だ。こうなることが彼女にわかっていたはずはない。とんでもない想像も頭をよぎったが、わたしはすべて却下した。どれも奇妙な出来ごとをすべて説明することはできなかったから。

スフィンクスは明かりがなくても平気らしい。つねにマット・ウィリーとわたしの数メートル先を進んでいく。振りかえることはほとんどなかった。

洞窟の道行きは変化に富んでいた。滑らかでとてもせまい場所もあり、巨大な根が岩だらけの土地につきあたり、細くなってそこを通過したことを思わせた。わたしは落下した。もっと注意して進むべきだったのに、いきなり足もとの地面がなくなり、わたしは落下した。投光器が手からはなれ、大きな音をたてて岩にぶつかり、壊れた。

肩から先に地底にぶつかる。背中の荷物は、たいして衝撃をやわらげてはくれなかった。

あたりを手探りすると、湿った岩肌が感じられた。

「ジェイコブ！」パーナッツェルの声だ。はるか頭上に光が揺れているのが見える。

「ここだ」と、声をあげる。

「ひきあげます」

どうするつもりかと思ったが、投光器の光がわたしをとらえ、ザイルがおりてきた。荷物はぜんぶわたしが持っている。いったいどこからザイルを探しだしたのだろう。

わたしは荷物をかつぎなおし、痛みに歯を食いしばった。両手でザイルをつかんだとき、それがなんなのかわかった。

マット・ウィリーが自分のからだを細長くのばし、ザイルがわりにわたしが落ちた穴のなかに垂らしたのだ。先端をわたしの両手首にからめ、手が滑らないようにする。わたしはすることがほとんどないまま、すばやくひきあげられていった。

手もとにかれの大好物のアルコールのボトルがあったら、すぐに注いでやっただろう。いまはただ感謝することしかできず、ショナアルで夜な夜な酒をもとめて徘徊するかれにさんざん迷惑をかけられたことなど、すっかり忘れてしまった。

「スリマヴォは行ってしまいました」わたしがふたたび横に立つと、パーナツェルがいった。

「どういう意味だ？」わたしは驚いてたずねた。

「ひとりで先に進んでいったんです」パーナツェルはふだんのかたちにもどり、偽腕で洞窟の闇のなかをしめした。

あの少女の考えがわからない。パーナツェルから投光器をうけとり、われわれは進みはじめた。何度もスリマヴォの名前を呼んだが、声は岩壁に反響し、何重にもなったこだまが返ってくるだけだった。

洞窟を進みはじめてから、地面はずっとゆるやかなくだりになっていた。だが、いま歩いている場所は平坦だ。

投光器で周囲を照らすと、側面と床は人工的に研磨してあるようだった。スフィンクスが進んだはずの方向に光を向けると、同じような通廊が徐々に幅をひろげながらつづいている。

そこにスリがいた。たっぷり百メートルほど先を歩く背中が見える。呼びかけてみたが、やはり反応はなかった。

もう障害物はなかったので、急いで彼女に追いつく。

「待っててくれてもよかったんじゃないのか」と、わたしは不平をぶつけた。

スリはちらりとわたしに視線を向けた。その目のなかの貪婪な光は、さらに強さを増している。わたしは思わずたじろいだ。

「こうして追いついたでしょ」と、スリ。たしかにそのとおりだ。

ひろくなりつづけていた洞窟の幅が一定になった。壁の表面は人工物としか思えない、プラスティックのようなものにおおわれている。われわれ以前にだれかがここにきて、この迷宮を整備したにちがいない。巨大な木の根には、そんな能力はないだろう。

やがて、ひろいホールに出た。形状は幾何学的だ。壁は平坦に研磨され、苔《こけ》などは生えていない。

スリはホールの反対側まで歩いていった。人工的な形状には、なんの注意もはらっていないようだ。

「あそこ!」パーナツェルがわたしのわき腹をつついた。

パーナツェルがさししめす方向に光を向けると、そこにはわたしがよく知っているマシンがあった。テラ製の自動岩石分子破壊装置だ。

暗く寂しい洞窟のなかに見知ったマシンを発見して、わたしはうれしかった。スリマヴォがわれわれを連れていこうとしている場所には、かつて人間が〝いた〟というだけではないらしい。いまもいて、出会うことになるかもしれない。

そのホールから通廊に出ると、天井に照明がともっていた。投光器はもう必要ない。スリもそのことに気づいたようだ。そぶりさえ見せないが。

スリはひたすら歩きつづけた。まるで、前進することだけをプログラミングされたロボットのようだ。

照明された通廊のつきあたりは、鋼の扉だった。スリはその前に立ち、両手で金属の表面をまさぐった。わたしは無言で彼女の横に立ち、その行動を観察した。

扉が音もなくスライドして開き、ひろい岩のドームへの道が開けた。とてつもない大きさで、巨大な木の根だけがつくりだしたものとは考えられない。

そこでも照明が自動的に点灯した。

なかにはいる。背後で扉ががしゃんと閉まった。

最初に感じたのは、ドーム内の暖かさだった。わたしは周囲を見まわした。

円形のドームは高さ二十五メートルくらい、床の直径は百メートルといったところだろう。そこに大小さまざまなマシンがならんでいる。どれも明らかにテラ製だ。そんなものがここに存在する意味は、まったくわからないが。

あちこちにランプが点灯し、作動中のマシンは音をたてている。空気中には奇妙なうなりが満ちていた。人類など生命体の姿は見あたらないが、たったいままでだれかがいたような気配を感じる。

研究施設でも巨大な研究ドームを目にしたが、この空間はそれを強く思いおこさせる。ただ、ここではすべてが動いていた。この地下施設は生き生きとしている。

スリマヴォはわたしから二、三歩はなれて立っていた。細い腕をひろげて、まるですべてを抱きしめるかのようだ。その目はわたしのほうを向いていないのに、あの黒い炎が感じられる気がした。

その口から歓喜の叫びのような声が漏れた。小刻みな足どりでホール中央に向かう。顔をわずかに上向けて、言葉にならない誇りを感じているかのようだ。さまざまなマシンに次々と目を向けるが、手を触れようとはしない。

その足どりが急に速くなった。パーナツェルとわたしもあとを追う。

少女が片手を上にのばし、わたしはその先を目で追った。

ドームの中央、天井のすぐ下に、直径三メートルくらいの球体が浮かんでいる。中身は明るいグレイで、つねに流動しているように見えた。その色あいも、ゆっくりと脈動するように、すこしずつニュアンスを変えつづけている。周囲には濃いグリーンの揺らめく層があった。まちがいなくエネルギー・フィールドだ。球体から下に向かって細い線がのび、未知のマシンの漏斗状《ろうと》の部分につながっている。ちょうど、細いエネルギー・ビームが球体を支えているように見えた。

スリマヴォはこのエネルギー球をひたすらめざしていたのだ。

「あれはプロトプラズマです」パーナッツェルがささやいた。有柄眼ふたつをのばし、天井の下のかすかに輝く球体をじっと観察している。

スリマヴォがなにか言葉を発したが、周囲のマシンの音がうるさいせいか、わたしが知らない言葉だったのか、なにをいったのかはわからなかった。

急に彼女の全身が震えだした。恐怖なのか、興奮なのか？　わたしには判断がつかない。

スリは両腕をのばし、濃いグリーンの支持ビームをはなつマシンに近づいた。両手がマシンに触れる。なにか探しているようだ。

わたしはふと思いついて彼女に近づき、片手をその肩に置いた。スリは雷にでも打たれたようにたじろいだ。

「なにをしてるんだ？」と、かすれた声でたずねる。わたし自身、大きなプロトプラズマの球体が宙吊りになったこの奇妙な場所に、不安をおぼえていた。

スリは無限の経験を感じさせる目つきでわたしを見つめた。その声は緊張していた。

「あの人がなにをなしとげたか、わからないの？　すばらしいきっかけをつくったのよ。

このドームがはなつ魔法が感じられない？　これがなんなのか、ほんとうにわからないの？」

わたしは首を横に振った。

「わかりません」隣りでパーナッツェルが答え、わたしの右脚にからみついた。

「あの人は」スリが甲高《かんだか》い声でいい、ひと息いれていいなおした。「あの人はヴィールス・インペリウムの一断片を再構築したのよ。やりとげるかもしれないとは思ったけど、まさかちゃんと機能するものをつくりあげるとは、わたしも信じてなかったの」

ヴィールス・インペリウム！

そのひと言で、数週間前からわたしの思考を曇らせていた重い霧が急に晴れた。スリの目がはなつ不可解な黒い炎に、ずっとたぶらかされていたのだろう。

地球をスタートする前にペリー・ローダンにいわれたことを想起する。パーナッツェルとわたしでスリの面倒を見るように、と。もちろん、この役目がとくに気にいっていたわけではない。だが、彼女がわれわれの世話を強く必要としていたから、ためらいはなかった。

もうひとつ、数カ月前、ショナアルのわが住居に近いトレッキング山地で起きたことも想起した。ローダンから聞かされた事実のことを。NGZ四二四年十月、キウープがそこで最初のヴィールス実験を実行し、カタストロフィをひきおこしかけたのだ。そのときは恐ろしいプロトプラズマ物質が誕生し、多大な被害を出して、やっとのことで押さえこんだという。

ここの施設はもちろん、キウープの秘密ラボにちがいなかった。泥の谷をはなれた理由はわからない。それは当面、どうでもよかった。重要なのは、ここにあらたなプロトプラズマ存在が発生していることだ。それはショナアルのときよりも、さらに危険な敵になっている可能性があった。ここで生じるカタストロフィは、前回以上のものになるだろう。なぜなら、これまでの期間で、キウープも研究を進めているはずだから。

「あの塊りがひきおこす危険な事態をとめなくちゃならない。手を貸してくれ」わたしは脈動するプロトプラズマ球体を指さし、スリにいった。

「危険な事態？」彼女は意味ありげな笑い声をあげた。「ジェイコブ、あなた、なにもわかっていないのね」

「そうは思わないな」わたしは強く反論した。黒い炎の影響力が弱まっているのを感じる。スリがほかのことに気をとられているせいだろう。「キウープの研究は致命的に危険だ。きみが手を貸して、正しい道を探してもらいたい」

スリマヴォはちいさく笑った。

「わたしが第一目的を目の前にしてるのに、あなたは危険がどうこういうのね。この瞬間がこれほど重要じゃなかったら、大声で笑いだしてるところだわ」

わたしは不安になった。

「キウープに手を貸す気はあるのか？　そういってたはずだが」

「もちろん、手を貸すわ。あなたが考えてるのと同じやり方かどうかは知らないけど」

少女はますます不気味さを増していた。その目のなかの貪婪さはもうわたしに影響しないが、確実にそこに存在している。両手がふたたび支持ビームをはなつマシンの表面をまさぐった。

「そこからはなれろ！」わたしはいきなり大声をあげた。庇護すべきかよわい少女として接してきたスリに、そんな態度をとるのは異例のことだ。「なにかに触ったり、変更したりするんじゃない。プロトプラズマが解放されたら、とんでもないことになる」

「わたしにはあれが必要なの」スリマヴォはわたしの言葉など意に介さなかった。意識は球体に集中したままだ。「それでやっと、第一目的が達成できる。あのエネルギー封印を解除しないと」

「キウープがここにもどるまで、待つほうがいいのでは？」パーナツェルが口をはさんだ。

「待つ？」少女はまた笑った。「わたしがもう、どれだけ待ったと思ってるの？　キウープはのんびりしすぎだわ。あの人が目的を達成できなかったのは、テラナーのせいでもある。わたしは自分が正しいと思うことをするの」

わたしは疑念をおぼえた。一面では、スリマヴォが善意であることをかたく信じている。無意識のうちに彼女の影響をうけていたのは事実だが。その一方、彼女がほんとうにキウープの手助けをするつもりなのかどうか、わからなくなってきていた。いまの言葉を聞くと、ヴィールス研究者に敵対しているようにも思える。

彼女はわたしの知らない目的を追求している。また、その目的が人類のためになるのかどうかも、よくわからない。すべてが不明確だ。わたしは自分の感覚にしたがうことにした。

「手を貸してくれるか？」と、二百の太陽の星からきた友にささやく。パーナツェルは一有柄眼でうなずいた。

ぐずぐずしてはいられない。

わたしはスリマヴォのからだを両手でつかみ、抱きあげた。羽毛のように軽い。マシンから数メートルはなれたところで、床におろす。

「もうあのマシンに触っちゃだめだ」幼い子供にいいきかせるように、指を立ててさとす。「おもちゃじゃないんだ。キウープがくるまで待て。長く待つことはないはずだ。そのあと、わたしも同席するから、あらゆる事情をキウープと考えて、いちばんいい方法を探すことにしよう」

細くなった少女の目から黒い炎が舌をのばした。

「あわれなジェイコブ」その声にはほんものの同情が感じられた。「前にもいったはずよ。どんなものにもじゃまはさせない。あなたやパーナツェルでは、なおさらね」

少女はゆっくりと、支持ビームをはなつマシンのほうに歩いていった。わたしのからだは、急に動かなくなっていた。

「とめるんだ」マット・ウィリーに声をかけたが、友も身動きできないらしい。

スフィンクスのちいさな手がマシンの上で踊った。暗いグリーンの球がふたつ、マシンの上に生じ、パーナツェルとわたしに狙いをつける。球がふくれあがった。

球のひとつがわたしにのしかかり、わたしは未知装置ふたつのあいだに押し倒された。

身動きはほとんどできない。グリーンの球は泡のように、わたしの全身をつつみこんだ。肌と服の上にぴったりくっついている。天井近くの明るいグレイのプロトプラズマと、同じような状態だ。

それでも目だけは動かせた。すぐそばにパーナツェルのからだの一部が見える。やはり同じように、グリーンの泡につつまれていた。マット・ウィリーはひっきりなしにからだのかたちを変えるが、すぐにエネルギー・フィールドが適応してくっついてくる。

どちらの泡からも、糸のように細いエネルギー流が、スリマヴォが操作しているマシンの上部に向かってのびていた。少女の視線は、ヴィールス・インペリウムの微小断片であるプロトプラズマ球体に注がれていた。

彼女はわれわれになにか叫んだが、エネルギー・フィールドが音を吸収してしまう。ただ、そのちいさな唇が動いたのが見えただけだ。

少女はマシンの上に向かって指を動かした。揺らめくエネルギー・フィールドにつつまれた明るいグレイの球体が、ゆっくりと下降してくる。スリマヴォの両手が、それをうけとめるようにのばされた。

7

地下通廊をのんびりと歩く人影は、うしろに小型浮遊プラットフォームをひっぱっていた。投光器がふたつ、反重力マシン用の核バッテリーをエネルギー源にして、前方を照らしている。プラットフォーム自体は半メートルほどの高さに浮遊して、岩場や泥の上を通過してきていた。障害物があると上昇し、自動的によけていく。

それをひっぱっているのは、身長百七十センチメートルくらい、人間のように見えるが、人間ではない。上半身が大きく、二本の脚が短いヒューマノイドだ。太い頸の上に、大きな頭がのっている。黒髪は四方八方にでたらめにつきだしていた。

宇宙の捨て子、キウープだ。

ぼさぼさの髪にかくれてよく見えない耳は、二、三百メートルはなれた滝の音をとらえていた。この地下王国の無数の通廊をぬけて、水音が響いてくる。

キウープはきょう、実験を次の段階に進めるのに必要な部品を手にいれたいと思っていた。これまでのところ、資材供給はうまくいっている。必要部品の調達が一、二日遅

れることが、たまにある程度だ。それは想定の範囲内だった。実験の進行にとって、た
いした問題ではない。

かれは最初の大きな成功を達成し、満足していた。いまのところ、危険な副作用はあ
られていない。組みあわせたヴィールスの塊りは生きのびて、機能している。たしか
に、最終的に期待しているものにくらべたら、まだあまりにちいさいが、時間をかけれ
ばヴィールス・インペリウムの再建に貢献できるだろう。

滝のカーテンの向こうから、ロクヴォルトの夕方の光がさしこんでくる。キウープは
投光器を消した。もう必要ないから。湖に出るための地中の道はこの数週間で何度とな
く通っていて、どこにどんな石があるか、すべて頭にはいっているくらいだった。

湖の手前で水面を眺める。いくつもの背鰭が縦横に動きまわっていた。かれはこの頭
のいい動物を"水棲カンガルー"と呼んでいた。強い帰巣本能があり、かんたんに調教
して、利用することができる。二、三十頭を訓練していうことをきかせるのは、むずか
しいことではなかった。一度、研究施設の近くまで連れていき、荷物をとってくるよう
教えこんだのだ。

「ハロー、友たち」岸に近づき、甲高い声で呼びかける。声は滝音でかきけされがちだ
が、水棲カンガルーたちにはちゃんと聞こえていた。

すぐに数頭が水面にあらわれ、泳ぎよってくる。かれは群れのリーダーを"太っち

ょ〟と名づけていた。体格がいちばん大きく、先頭を切って泳いでくる。

キウープはプラットフォームからゼラチン状の塊りがはいったバケツをとり、中身を水中に投げいれた。いつもなら、太っちょがまっさきに餌《えさ》にありつくところだ。驚いたことに、今回、太っちょは餌に見向きもしなかった。岸に近づき、苦労して這いあがると、いつもキウープが物資を回収する、滝の裏側への道を進んでくる。太っちょはそこに転がって、キウープを見つめた。気がつくと、湖のなかの仲間たちも餌を食べようとしていない。

「どうした、太っちょ？」ヴィールス研究者はなだめるように大型の水棲カンガルーに声をかけ、近づいて、片手で頸をなでた。太っちょはこうされるのが好きで、からだをのばしてよろこぶ。

だが、キウープがそのからだをまたいで滝のほうに向かおうとすると、太っちょは行く手をふさぐような動きを見せた。

「どうしたんだ、太っちょ？」

キウープは甲高い声でもう一度たずね、滝にかくれて見えない洞窟の入口に目を向ける。

「警告してくれているのか」もう一度、動物の短い頸をなでる。「だいじょうぶだ。気をつけると約束する。リスクを冒さないわけにはいかないんだ」

太っちょはこの言葉に安堵したようだった。大きな目でもう一度キウープを見て、水中にもどっていく。

キウープはプラットフォームを反転させ、滝の向こうに踏みこんでいった。水棲カンガルー数頭がそれを見送る。太っちょもそのなかにいた。

滝のすぐ手前に岩のはりだしがあり、キウープはそこから出入りしていた。水のカーテンに向かって慎重に足を進め、冷たい滝の下を通過する。

最初に目にはいったのは、訓練した水棲カンガルーが資材を置いていく場所だった。今回も運ばれてきたものが散乱している。

かれは太っちょがなにかを誤解したのではないかと思い、資材をよく見るため、足を進めようとした。

すぐに、大きな岩のかげから潜望鏡がのびてきたのを発見。ほんの短い時間だったので、こちらに気づきはしなかったはずだ。

かれは電光石火で撤退した。待ちうけている者がいるようだ。あぶないことはしたくない。進行中の実験を危険にさらすわけにはいかないから。最初の成功はもう目の前だった。外部からの介入は、ショナアルのときと同じ結果を招きかねない。

あのときは怪物が出現した。副作用で生まれた、巨大な軟体動物が。ヴィシュナのコンポーネント、すなわちヴィシュナ成分を過小評価したせいだ。

今回はその点をあらため、ヴィシュナ成分は大きく減らした。事実上、失敗の危険は存在しない。とはいえ、あつかいは慎重を要するので、ヴィールス・インペリウムの微小断片のため、特別製の封鎖フィールドまで用意した。

それでも外部からの影響があると、この微妙なバランスが崩れ、実験そのものが瓦解するかもしれなかった。

対策はひとつしかない。隠遁だ。実験の進行は遅れるが、しかたなかった。

たりない資材が出てくると、しかたなく研究施設にもどった。小型プラットフォームは山のなかの住居に行く途中の洞窟にかくした。

恒星スカルファァルは見えなくても、夜になれば感覚でわかる。そろそろ、いつもの黒い飲み物を摂取する時間だ。この数週間、作業に没頭し、肉体はかなり疲労していた。

考えこみながら、鋼の扉に近づく。ラボはその先だ。かれの策略を見ぬいたのは、泥の谷の研究員たちにちがいない。メインドームの資材がなくなっていることに気づき、協力者を尾行して、水棲カンガルーを発見したのだろう。

地下ラボの扉が背後で閉まると、ほっとした。二時間ほど休んだほうがよさそうに思える。

考えこみながらプロトプラズマ球体に目を向け、たじろいだ。ヴィールス・インペリウムの断片がゆっくりと、支持ビームにそって下降している。

最初に頭に浮かんだのは、エネルギー封印の故障だった。

キウープは全力で走った。まだ救えるものがあれば、救いださなくては。球体が地面に接したら、すべておしまいだ。支持フィールドが崩壊してしまう。

ラボの中央に到達する前から、肉体のあらゆる組織に染みこむ宇宙の歌声のような声が聞こえてきた。

「ここにおいで！　わたしにはたくさんの顔がある。おまえにはひとつしかない」

キウープにはだれなのかわからなかった。いまの言葉はかれに向けたものなのかもしれない。

支持フィールド・ジェネレーターの二、三歩手前で足をとめる。かれが設定したのではないビームが二本のびだして、檻《おり》をふたつ形成していた。片方には見おぼえのない人間がとらえられている。もう片方に拘束されているものは、知識としては知っていた。二百の太陽の星のプラズマ生命体、マット・ウィリーにちがいない。

この両者は危険な存在ではない。

かれがとまどいとともに脅威を感じたのは、両手で支持フィールド・ジェネレーターを操作している、十二歳くらいの少女だった。少女は底のしれない目でかれを見つめた。そこには智恵と優越感と、信じられないほどの成熟が感じられた。

キウープはその目を見て、なにがあったのかを悟った。黒い炎が意味するものはひとつしかない。かれは恐怖と混乱を感じた。

せっぱつまったかれは、下降しつづけるプラズマ球の動きをほんの数秒だけでもとめようと、トリックを使った。

タイミングはよくないが、いまはどうでもいい。

キウープは息を吸いこみ、ちいさな口を開いた。

〝イリアトルー〟の咆哮《ほうこう》が地下ホールに響きわたった。

＊

わたしをつつみこんだ暗いグリーンのエネルギー・フィールドは、まるで拘束衣だった。拷問をうけているようだ。かなり努力すればすこしはからだを動かせるが、スリがマシンで構築した罠からぬけだすことはできない。パーナツェルも同じような状態だった。自在に変形する肉体を使い、エネルギー・フィールドに亀裂を見つけるかつくりだそうとするが、うまくいかない。

スリマヴォはもうこっちを見てもいなかった。われわれは不要な荷物のように床に転がっているだけだから。

だが、こちらからは彼女がよく観察できた。なにをいっているのかはわからない。グリーンのフィールドが声を吸収してしまうのだ。それでも、唇が動きつづけているのはわかった。一種の恍惚感《こうこつかん》にとらわれているらしい。

ちいさな両手はマシンの制御盤の上をしきりに動きまわっている。マシンからはエネルギー・ビームが射出され、プロトプラズマの明るいグレイの球体を支えていた。奇妙な球体はじりじりと床に近づいている。少女はくりかえし、希望をこめて両手を頭上にかざした。

そのすべてがどういう意味なのか、わたしにはわからなかった。介入することもできず、わたしは急速にあきらめの境地にいたった。

意識がふたたびはっきりしたのは、異人が姿を見せたときだった。ペリー・ローダンたちから映像を見せられていたので、それがあの謎めいたキウープだとわかった。宇宙の捨て子と呼ばれ、数週間前からロクヴォルトで行方不明になっている男だ。

スリとキウープの目があったのを見て、かれもまた意志のない道具になってしまうだろうと思った。

スリがマシンから手をはなし、新来者に向きなおったため、プロトプラズマ球体の下降はとまった。少女の目の輝きが前にも増して野放図なものになる。

そのとき、宇宙の捨て子の口から、血も凍るような叫びがほとばしった。それはわたしをつつみこんでいる拘束エネルギーの檻のなかにまでとどいた。

両手で耳を押さえたかったが、腕はごくゆっくりとしか動かない。エネルギー・フィールドが動きを抑制するから。ようやく耳をふさいでも、手と耳のあいだにクッションがあるような感覚だった。

キウープは妨害されることなく叫びつづけながら、小刻みな足どりでスリマヴォに近づいていく。

少女は急にマシンのほうを向き、両手を制御盤に置いた。球体がふたたび動きだし、下降を再開。

キウープはラボの備品らしい、大きな金属の塊りを棚からとり、少女に向かって全力で投げつけた。

スフィンクスは笑った。金属の塊りは彼女に命中する前に、わたしの目前で粉々になった。細かい金属の塵《ちり》が床に降りそそぎ、その周囲が不気味な赤い色にきらめく。あたりのマシン類の輪郭がぼやけたが、明るいグレイのプロトプラズマ球体だけはくっきりしている。

わたしは急にはっきりと、あの球体がスリマヴォとキウープの幻想的な戦いの原因であることを悟った。少女はヴィールス研究者がつくりだした球体を手にいれたがっている。

そのあと起きたことはあまりにも異常で、自分の理性を疑いたくなるほどだった。敵対するふたりはたがいに距離をとって立っている。わたしにはその戦いでやりとりされている力の、ごく一端がわかるだけだった。

洞窟の天井がすさまじい速度で落下してきた。だが、グレイの球体は同じ位置にとどまったままだ。とくになにごともなく天井をすりぬけ、そのあともまだ見えている。

スリマヴォの顔には相手を見くだすような笑みがあった。場を支配していると感じているようだ。わたしはこの戦いの勝敗が見えたと思った。

キウープは天井と頭が触れた瞬間、床に倒れた。ほぼ同時に、まばゆい白色光が洞窟を満たす。黒い稲妻が空間をひきさき、雷鳴が宇宙の捨て子の叫びを圧倒した。

突然、あたりがしずまりかえり、すべてがもとどおりになった。ふたりのあいだに戦いがあったことをしめすものはなにもない。

キウープの目はなにかを待ちうけているようだった。口を開き、先の尖ったちいさな歯を見せている。神経にこたえる叫び声がようやくおさまった。

スリマヴォはグリーンの拘束ビームをはなつマシンに向きなおった。両手でキウープに、こっちにこいというような合図をする。

キウープはその無言の手招きにしたがった。三、四歩進んだとき、足もとの床が口を開いた。キウープは両手をあげてなにかにつかまろうとしたが、手遅れだった。暗い穴がわたしの目の前でかれをのみこんだ。すぐに床がもとどおりになる。

スリの貪婪な目に、満足そうな光が浮かんだ。あらためてマシンに向きなおり、両手で制御盤を操作する。

ヴィールス・インペリウムの球体がふたたび下降を開始した。こんどはそれを妨害する者はいない。球体が下降するにつれ、少女の顔の表情は大きく変化していった。ありとあらゆる表情が、そこにあらわれるかのようだ。わたしはその黒い目に、至福の表情を見たような気がした。

戦いは終わったらしい。

少女のちいさく繊細な両手がプラズマ球のグリーンのエネルギー・フィールドに触れると、なにかが割れるような、鋭い音が響いた。その音はわたしをつつむ拘束フィールドのなかにまでとどき、全身の神経をかきみだした。隣りではパーナツェルも苦痛に身をよじっている。

少女は目的を達成したのだ。

地下のドームがいきなり膨張した。星々の輝く、無限の宇宙が眼前にあらわれる。わたしは目に見えない手につかまれ、ここから運びさられようとするのを感じた。

宇宙の虚無のなかに、一瞬、輝くような美しさが膨張するのが見えた。それは温かな光をはなち、未知の力がありとあらゆる叡智《えいち》の言葉を語りかけてくるようだった。

そのとき、三、四台の装置が見えた。ロクヴォルトの地下、キウープのラボにいたとき、見たおぼえのある装置だ。

マシン二台のあいだに、わたしも知っている女の姿があらわれた。手にはインパルス銃を持ち、いつのまにかまた出現していたスリマヴォに狙いをつける。

そのあと女は腕をまわし、わたしをとらえている人間大の檻と、そのまわりの黒い炎に向けて発砲した。

8

「キウープがいました」アデレーアが驚きの声をあげた。「滝の水のなかに姿が見えたんです」

サルガ・エーケシュは問うような視線をふたりの男に向けた。

「気がつかなかったな」と、キルト・ドレル・エーケシュ。「ただ、ロクヴォルトイルカが急に興奮しはじめたのは気になった。それまでのんびりしていたのが、いきなりあちこち、勢いよく泳ぎまわりはじめたんだ」

首席科学者はまだ懐疑的だった。彼女自身はなにも気づかなかったから。

「ほんとうにだれかいたんなら、探知機に反応があったはずだが」と、フロン。

「迷彩を施している可能性もあります」アデレーアが主張する。「あれはまちがいなくキウープでした。ぐずぐずしているべきじゃありません。滝の奥の洞窟にはいっていったんです」

そのとき、テレカムが音をたてた。コグ船《ルツフリグ》の船長、デモス・ヨールンだった。

「徹底した調査で、ちょっとした手がかりが得られた。筏を発見した場所の近くに、いくつか洞窟の入口があることがわかった。昔は巨大な木の根の棲息地で、そいつらが岩壁に穴を穿ったんだろう。そんな洞窟の入口のひとつに、まだ新しいシュプールが見つかった。逃亡者たちはそこにはいったにちがいない。異議がなければ、ふたりばかりその洞窟に送りこもうと思うんだが」

サルガに反対する理由はない。彼女はヨールンに、キウープを見つけたかもしれないと伝えた。

「こちらも洞窟を発見して、シュプールを追ってみるつもり。なかで会ったとしても驚かないわ」

サルガは今後の行動方針を決定した。フロンが潜望鏡を持ってくる。

「グライダーで行けるところまで行くのがいいと思う」キルトが提案した。

キャノピーを閉じ、滝に向かう。フロンは探知機を使って、洞窟の正確な位置を指示した。滝の幅に対して、洞窟はかなりちいさいのだ。

グライダーが滝のなかを通過する。キルトは投光器を点灯し、周囲のようすを探った。前方にはひろい通廊がのびていて、グライダーでも充分に通れる。

キルトは反重力グライダーをゆっくりと前進させ、迷路のような岩や亀裂や空洞のあいだを通過した。

ちいさな砂地の上にさしかかったところで、空中に静止。

「アデレーアのいうとおりだった」かれは前方の砂地を指さした。「まだ新しい足跡がある。キウープのものにちがいない」

さらに前進すると、やがて洞窟がせまくなり、グライダーは通れなくなった。一行は各種備品を装備して、徒歩で進みつづけた。

キルトが大型投光器を点灯して先頭に立つ。フロンが小型探知機を持ってかれにつづいた。

「前方に大きな金属塊が存在する」と、フロン。

角を曲がると、巨大な金属の扉があった。

フロンがもの問いたげにサルガを見る。

「開けるなら、手早くやって」と、首席科学者。

フロンが工具になった手で開閉メカニズムを解除するのに、二分とかからなかった。

金属扉がスライドして開く。

一瞬、まばゆい光が全員の目をくらませた。だが、サルガはたじろぐことなく足を進めた。

ひろいホールにならんだ装置類の用途は、彼女には一目瞭然だった。訓練された目で見れば、キウープがそこにあらたなラボをつくったことは明らかだ。

ホールの中央から聞こえてくる奇妙な音は、たいして重要とは思わなかった。そのとき、テレカムに連絡がはいった。

「キウープのラボを発見した」ヨールンの興奮した声が聞こえた。「なにか妙なことが起きているようだ」

サルガが答えようとしたとき、岩のドーム全体がまぶしい光につつまれた。鈍い衝撃が全員を麻痺させる。身の毛もよだつほどの美しい音色が空気を震わせた。

「いまこそ、わたしがやらないと！」アデレーアがいきなり叫んだ。

サルガがゆっくりと実験助手のほうを向く。アデレーアは前方に目を凝《こ》らしていた。顔は苦痛にゆがんでいる。

突然、彼女はフロンに飛びかかり、その腰のインパルス銃を奪いとって駆けだした。

サルガもキルトもフロンも、とても追いつけそうにない。

アデレーアはマシンのあいだを駆けぬけて岩のドームの中央に向かい、ふいに足をとめた。

ゆっくりと銃をあげる。サルガはようやくスフィンクスの姿に気づいた。両手で巨大な輝く球体を支えている。そのそばにはジェイコブ・エルマーとマット・ウィリーが、無理な姿勢で床に倒れていた。

反対側からヨールンが、《ルツフリグ》の男女五人をひきいてはいってくるのも見えた。目に見えない障壁に抵抗しているかのように、ゆっくりした動きだ。

アデレーアが武器をスリマヴォに向ける。その瞬間、相手も気づいたようだった。少女の顔がゆがむ。

アデレーアはさっとインパルス銃の向きを変え、無数の色に輝く、手近なマシンに向けて発砲した。ホールの照明が瞬時にすべて消える。奇妙な音が鳴りひびいた。

明るいグレイの球体はグリーンのビームに支えられ、岩の天井のすぐ下にとどまっている。

サルガは一歩前に出ようとしたが、見えないエネルギー・フィールドに阻《はば》まれた。同行者たちも同様だ。ヨールンたちもその場に立ちつくしている。

スリマヴォがゆっくりと振りかえり、そこに集まった面々を見つめた。目のなかの黒い炎は消えている。その顔からは無限の悲しみと孤独が感じられるばかりだ。

少女の片手があがり、二本の指が明るいグレイの球体を支えるマシンに触れた。

輝くビームのうち、二本が消える。

ジェイコブ・エルマーとパーナツェルが解放され、立ちあがった。少女に近づこうとするが、スリは無言で首を横に振り、サルガたちがいるほうを命令するように指さした。

男とマット・ウィリーはおとなしくサルガたちのほうに向かう。途中、おどおどと何度もスリマヴォのほうに目を向けていた。

見えない障壁は、反対方向に進むぶんには障壁にならないらしい。

「なにがあったの?」サルガがもと宙航士にたずねた。

「わかりません」エルマーはとまどったように首を横に振った。「悪夢よりひどかった」

「わたしにもわかりません」と、パーナツェル。

ヨールンたちはエネルギー障壁を突破しようとするのをあきらめた。ぐるりと障壁を迂回し、サルガたちに合流した。

「あれを!」アデレーアが声をあげ、スリマヴォを指さした。

少女がきらめくフィールドにつつまれて、憧憬《しょうけい》の目で明るいグレイの球体を見あげている。

「きて!」その場にいるだれもが、それを自分に対する命令のように感じたが、そうでないことは全員がわかっていた。

「いま行く」応答する声が岩のドームの静寂を破って響く。

どこからともなく出現したキウープが、スフィンクスの隣りに立っていた。

ふたりの捨て子が見つめあう。動くものはもうない。

天井の下の球体が脈動を開始し、身動きせずに見つめあう対照的なふたりを、奇妙な光でつつみこんだ。

「助けないと」と、エルマー。

「だれを？」サルガがたずねる。「どうやって？」

返事はなかった。パーナツェルが泣き言のような、意味不明な言葉を発しただけだ。

スリマヴォの目がふたたび輝きだした。ただ、その黒い炎は消える前の最後の輝きのように思えた。きらめくフィールドも徐々に消えていき、それといっしょに彼女のからだが透明になっていく。

楽器の弦が切れるような音が響き、スリマヴォの姿は消えていた。

キウープはそのあとしばらく、少女が立っていた場所を見つめていた。やがてゆっくりと振りかえり、重い足どりで一マシンに近づくと、いくつかセンサーを操作した。

「障壁が消えた」フロンがいい、片手を前につきだす。

宇宙の捨て子は人々に向きなおった。大きな顔の赤錆色《あかさびいろ》の斑点が、神経質そうに痙攣《けいれん》している。かれは悲しげに見えた。

キウープは押し黙っている人々の前に立ったまま、抑揚のない声でこういった。

「ハロー、友たち。見つかってしまいましたね。でも、ちょうどいいタイミングでした。さもなければ、わたしはこの戦いに勝てなかったでしょう」

わたしの頭のなかはまだ蜂の巣をつついたような騒ぎで、ただひとつの疑問をくりかえしていた。

＊

スリマヴォはどうなったのか？

サルガとヨールンはキウープを質問責めにしている。わたしはかれが気の毒になった。とほうにくれて立ちつくし、自分に向けられる無数の言葉を聞かされているのだ。

パーナツェルが近づいてきた。まだショックが尾をひいているのがはっきりとわかる。だが、なにもしてやることはできなかった。わたし自身、まだ頭が混乱している。あの非現実的な戦いのなかで見た驚くべき光景は、いまも明瞭に思いだすことができた。

キウープはとうとうふたりに背を向け、ラボのマシンに近づいた。

「待ってください」と、いうのが、かれがふたりにかけた言葉のすべてだった。

キウープはあちこちのマシンを調整し、途中何度も、グリーンのビームに支えられたプロトプラズマ球体に探るような目を向けた。とくに時間をかけて調整したのは、エネルギー封印のための装置だった。

サルガとヨールンと同行者たちは、集まって議論をはじめていた。

「かれ、あらたな攻撃を恐れて、対策をとっているんじゃないかしら」と、サルガがいうのが聞こえた。

「攻撃?」ヨールンはいきりたった。「ここに勝者がいたのかどうかさえわからない。いたとしても、それが正しい側かどうかもわからない」

「わたしにもわかりません」と、わたしのそばでパーナッツェルがいった。

やがてキウープがもどってきた。

「なにも触らないでください」そういって、ホールの側面を指さす。「あっちに休憩室があります」

キウープが歩きだすと、ほかの者たちはそのあとにしたがった。パーナッツェルとわたしが最後尾だった。

脇洞窟は寒くて、居心地が悪かった。わたしは疲れていた。過去二十四時間の辛苦がこたえている。わたしはマット・ウィリーのからだの一部をクッションがわりにして、すみのほうに腰をおろした。

「さて、キウープ」口火を切ったのはサルガだった。「あなたにはいろいろ説明する義務があると思うんだけど」

「そんな義務はありません」ヴィールス研究者はそういって、話しあいに興味がないことを示唆した。

「スリマヴォはどこですか?」パーナッツェルが泣き言じみた大声でたずねた。「わたしが知りたいのは、それだけです」

わたしも黙ってうなずいた。

「あなたたちはだれです？」キウープが問いかえす。「スリマヴォというのは？」

わたしは事情を説明した。話が進みはじめたので、サルガもうれしそうだった。

「スリマヴォは行ってしまいました」やがてキウープが答えた。「もどってくることはないでしょう。あれが何者で、なにを望んでいたのか、わたしにはわかりません。これまで会ったことはなかったので」

「わたしが聞いたところでは、あのグレイの球体はヴィールス・インペリウムの一部なんだそうだ」わたしは強い口調でそういった。「スリマヴォと球体は、なにか関係があるらしい」

「球体がヴィールス・インペリウムの微小な一部だというのはほんとうです」と、キウープ。「いまのところ、実験はうまくいっています。だが、ほんのわずかなことで、すべてが崩壊しかねません」

「それは質問の答えになっていない」わたしは不機嫌にいいかえした。

「知らないことは答えようがありません。スリマヴォの動機はわからない。とにかく、彼女はもう行ってしまいました。これ以上、関わりたくありません」

「かくしていることがありますね」と、マット・ウィリー。

「そう思うのはそちらの勝手です。わたしは真実しか語っていません」

「わたしもそう思うわ」アデレーアがキウープの肩を持った。

「あなたが?」サルガが実験助手に向きなおる。「あなたには、フロンのインパルス銃でなにをする気だったのか、説明してもらわないと」

「なんのことですか?」アデレーアは意味がわからないというように首席科学者を見た。

「アデレーアを責めないで」キウープの甲高い声には真摯な響きがあった。「あれはわたしが念のためしかけておいた、保安装置のせいです。本人はなにをしたかおぼえていません」

わたしの思いはスリマヴォにもどっていた。わたしとパーナツェルは、数日のあいだ彼女と行動をともにしていたのだ。あの子が消えてしまったとは思いたくなかった。なにか邪悪なことをたくらんでいたとも信じたくはない。もちろん、わたしにとって、すべては曖昧模糊《あいまいもこ》としていた。キウープは執拗に訊かれてようやく、そもそもスリと戦う原因だったのではないかと思われる、彼女に対する拒絶の心理を口にしたが、その言葉を聞いても理解できたとはいえない。キウープには同情できなかった。他方、スリマヴォへの深い共感は以前と変わっていない。

サルガは話のなりゆきに不満そうだった。キウープが答えをはぐらかすか、まったく答えないから。宇宙の捨て子の話が事実かどうかもわからない。

ヨールンがとうとうしびれを切らした。いつもおちついている宙航士が爆発した。

「もうたくさんだ。ひと晩じゅうこんな洞窟にすわって、キウープのむだ話を聞いている気はない。研究施設にもどることを提案する。ヴィールス研究者はそのプラズマ卵といっしょに、ここで腐りはてればいい」

一瞬、だれもが黙りこんだ。

「わたしがここにとどまると、だれが決めたのですか？」キウープが皮肉っぽく反問した。「最初の実験は成功しましたが、本格的な作業はこれからです。ヴィールス・インペリウムの再建には、あなたがた全員の力が必要になる。ここでひとりで実験するのは、必要なことでした。最初の実験に最適な環境というだけでなく、ヴィシュナ成分をできるかぎり減らし、危険を排除するという意味もあったのです。実験は成功しました。もしもこの最初の部分の実験を泥の谷でやっていたら、あなたがたを無用な危険にさらしただけでなく、実験自体が失敗していたかもしれません。気づいた人もいるようですが、わたしは外に通じる大きな出口を確保していました。今後はすべてを泥の谷にもどします。ヨールン船長には、全搭載艇と技術者を使って、これが迅速に実行されるようにしていただきたい。プラズマ球とエネルギー封印の移送は、わたしがみずから監督します。目的もなくロクヴォルトにやってきた人はいないはず。すべてわたしのいうとおりにすれば、ヴィールス・インペリウム部分的再構築の基礎がここにできあがるでしょう。あなたたちの献身は人類へのとてつもない貢献となるだけでなく、なんとしても必要なものです」

キューブは黙りこみ、ヨールンも黙りこんだ。フロンだけは両手をこすりあわせ、資材の運搬計画を考えはじめていた。

「ほんとうに必要なことなのです」ヴィールス研究者がしずかにつづける。「宇宙的な意味において。これは宇宙のポジティヴな力のための、わたしの使命だから」

突然、わたしはこの奇妙な男が気にいった。スリマヴォの目のなかの黒い炎を思いだそうとする。その映像を呼びおこそうとしたが、うまくいかなかった。

「わかったわ、キューブ」サルガがなだめるようにいう。「研究施設にもどったら、すぐにペリー・ローダンに事情を報告します。それに文句はないでしょう？　わたしには理解できないことが、あまりにもたくさん起きすぎました」

キューブに異論はなかったし、わたしもそれでよかった。スフィンクスはもう存在しないと、地球の人々にわかればそれでいい。ハンザ司令部でパーナツェルとわたしがうけた命令は、完了したということ。

わたしはショナアルでのんびりすることを考えた。

「最後にもうひとつだけ質問があるんだけど、キューブ」と、サルガ。「あなたはここで必要な資材を次々と研究施設から運びだしていた。それはまあいいわ。でも、それには研究施設内に協力者が必要だったはず。だれだったの？」

キウープは相手をじっと見つめ、かれにはまるでふさわしくない行動に出た。笑ったのだ。わたしの耳には山羊の鳴き声のように聞こえたものの、まちがいなく笑い声だった。

「協力者はいました」キウープはマッチの頭を思わせる歯を見せた。「しかし、泥の谷にもどることになった以上、それがだれなのかは些々《ささ》たる問題です。わたしだけの秘密ということにしておきましょう」

わたしは、キウープがスリについて最初にいったことを信じるようになっていた。かれには、どこか相手を安心させる誠実さがあるのだ。反論する者はいなかった。

9

デモス・ヨールンと部下たちは洞窟にのこった。フロンもそちらに合流し、《ルッフリグ》の船長とともに資材の搬送を手配した。まずは山の地下の大トンネルをひきかえし、コグ船の搭載艇が直接、積載場に発着できるようにしなくてはならない。

サルガ・エーケシュはアデレーアと息子のキルト・ドレル・エーケシュとともに、泥の谷にもどった。到着したのは真夜中をすこし過ぎたころだった。

アデレーアはキウープが泥棒の正体を明かさなかったことに落胆していた。ロボット探偵シャーロックとの決着が、つかないままになると思ったから。それでもキウープのシュプールの発見にそれなりに寄与できたと、みずからをなぐさめることはできる。

シャーロックのほうはなにも発見できなかったのだ。

サルガはすぐに司令センターに駆けこんだ。

「コーヒーをポット三つぶん用意して」と、そこにいた者たちに指示する。「それから、ハムとチーズのサンドイッチを三ダースに、ハンザ司令部へのハイパーカム通信の準備

も お願い」

「命令の優先順位はどうしますか？」と、若い研究員がたずねる。

「すべて同時によ」

テラニアとの通信がつながると、直接ローダンと話したいと伝える。かれはすぐに画面にあらわれた。

「いろいろなことがあったのです、ペリー。少女スリマヴォは、あとかたもなく消え失せました。たぶん永久に。キウープは発見しました。時間があるなら、おちついてゆっくり報告します」

「時間はある。キウープと話がしたい」ローダンの眉間《みけん》に深いしわが刻まれた。「ほかの場所でも重要な事態が生じているんだ。これからすぐにロクヴォルトに向かう」

返事も待たずに通信が切れた。

「冗談でしょう？」生意気な若い一研究員が、サルガにコーヒーをさしだしながらいった。「地球からここまでの距離は、グッキーでもテレポーテーションできませんよ」

「そのとおり、グッキーには不可能だ」

親しげななかにもわずかに皮肉をこめた声がして、全員が振り向いた。サルガから二、三歩はなれたところにローダンが立っている。かれはライレの〝目〟をケースにもどした。

研究員はローダンにもコーヒーをわたし、急いで椅子を用意した。

サルガとアデレーアが事態を説明。ローダンはじっと聞きいって、質問をさしはさむことはほとんどなかった。そのあとジェイコブ・エルマーとパーナツェルとデモス・ヨールンも呼ばれた。

地平線が明るくなりはじめるころ、ローダンはすべての状況を把握していた。キウープの顔だけまだ見ていない。呼びだしてはいるが、貴重な資材の運搬を監督するのに忙しいらしい。

サルガの観点から重要なことはすべて話しおえ、だれかが四つめのコーヒー・ポットをテーブルの上に置いた。

「どうやらまた何日か、くたくたになって通廊を歩きまわることになりそうですね」アデレーアがあくびをしながらいう。

「ときとして、それは避けられないことだ、アデレーア」と、ローダン。コンピュータ人間のマルセル・ボウルメースターを追っていたころ、この実験助手と関わったことをよくおぼえている。「とにかく、キウープに会いたい。なんといおうと、ここにひきずってくるんだ。必要ならわたしが自分でやる」

サルガは立ちあがった。

ちょうどそのとき、宇宙の捨て子の甲高い咆哮が研究施設内に響いた。ぶあつい装甲板が振動する。

「ひきずってくる必要はありません」アデレーアは微笑した。「そこにいます」

＊

キウープを前にしたローダンは、ここ数週間のあいだ、ひどい混乱と不安をひきおこしたアヴァタル種族ヴァマヌのことを話した。さまざまな動物の外観をすこしずつそなえた、なんとも描写しようのないこの生命体も、やはりヴィールスを使った実験をしていた。

キウープとヴァマヌには共通点があった。どちらもコスモクラートの指示で作業をしているから。キウープは興味深く耳をかたむけた。ローダンは最後に、ヴァマヌがうつった数枚の静止画像を見せた。

ヴィールス研究者はまじまじと画像に見いった。

「こういう生命体ははじめて見ました。この画像からはなにも思いつきませんが、ヴィールス・インペリウムの再建に関わっている者がほかにもいることは、充分に考えられるでしょう。ヴァマヌはわたしと同じ、あるいは似たような使命をあたえられているのかもしれません。知ってのとおり、わたしは多くの記憶を失っていますが、はたすべき使命が、はるか昔にあたえられたものであることはわかっています。コスモクラートにとっては、わずかな時間でしかないのかもしれませんが」

キウープはローダンに画像を返した。

ローダンはやや落胆して、

「カルフェシュも助けにはならなかった。消えたスリマヴォという謎も増えた。あの子の行動と消失が気になってしかたない。あの不思議な少女は、現在のわれわれがかかえる問題に関係していると思うのだ」

「関係していた、でしょう」キウープが訂正する。「それに、あれが人間の少女だったと断言することはできません。ほんとうにそうだったのか、まったくの別物だったのか」

「いずれわかる」と、ローダン。「いまはなにもできないだろう。《バジス》がまだ目標ポジションに到達していないので、しばらくロクヴォルトに滞在し、この目ですべてを見てみるつもりだ。なによりも、ヴィールス・インペリウム再建における、きみの最初の実験の成果を観察したい。スリマヴォのシュプールも見つかるかもしれない」

「意味があるとは思えませんが、もちろん、その計画に反対するつもりはありません」

と、キウープ。

だが、事態はまったくべつのほうに転がった。この話が終わるか終わらないかで、ハイパーカム経由の報告がはいったのだ。

報告は地球のハンザ司令部にいる、レジナルド・ブルからだった。

「警報です、ペリー。すぐにもどってください。太陽系の近くに未知艦隊が出現、隠密行動をとってるんです。時間転轍機《てんてつき》を建造しようとしてるんじゃないかって意見もあります」

ロクヴォルトの問題はサルガ・エーケシュとデモス・ヨールンにまかせておけるとわかったので、ローダンは通信を終えると、すぐに振りかえった。別れの挨拶は短かった。

「地球にもどらなくてはならない。必要だと思ったら、いつでも連絡してもらいたい」

ローダンはケースから〝目〟をとりだし、無間隔移動で姿を消した。

*

研究用大型ドーム三つでのキウープによる構築作業には、研究施設のほぼ全員と《ルツフリグ》乗員の半数が駆りだされた。ヴィールス研究者が、必要な作業すべての迅速な完了をもとめたから。

サルガとヨールンとアデレーアは疲労をおして午前中いっぱい立ちどおしで作業にあたり、司令センターからすべてを監督した。

キウープ自身の指示で明るいグレイの球体がメインドームに設置され、作業が満足できる状態で完了すると、サルガもほっとした。

キウープは、まるで急に心苦しくなったかのように、丁重に礼をいった。

「残念ながらあなたがたの、とりわけ、ジェイコブ・エルマーとパーナッツェルの役にはたてません。あの少女が何者だったのか、ほんとうにわからないのです。はっきりしているのは、あの子がわたしの成果を横どりしようとしたことだけ。消えてしまったのも、わたしがしたことではないので。真の原因は不明ですが、それだけはまちがいありません」

「わたしたちにとって、その一件はもう終わったわ、キウープ」サル・ガがなだめるようにいう。「いずれはスフィンクスの謎が解明される日もくるかもしれない。そのとき、事情を知ることができればいいけどね。あなたは使命達成の第一歩を成功させた。〝わたしたちの〟使命のね。これで、次の一歩を踏みだせるわ」

キウープがうなずいた瞬間、戸口から声が響いた。

「次の一歩を踏みだす前に、最初の一歩を完了させる必要があります」

シャーロックがいつの間にかはいってきていた。昂然と頭をあげ、その場にいる全員を見おろしている。

「あれは？」と、キウープがたずねた。

「ただのロボットだ」ヨールンが答える。「夜中にメインドームから資材を盗んだ泥棒を捕まえるため、われわれを手助けすることになっていた」

ヴィールス研究者はなにもいわない。

「わたしもその謎を解こうとしてきたの、キウープ」と、アデレーア。「この珍妙で傲慢なロボット探偵より、わたしのほうが多くを解明したくらいよ」

「それはどうでしょう、アデレーア」シャーロックが反論した。「あなたは犯人を発見できませんでしたが、わたしはつきとめました。あなたのほうが条件が有利だったにもかかわらず」

「でたらめだわ」アデレーアはわざとらしくそっぽを向いた。

「きわめて遺憾ながら、生体ポジトロン性観察・論理ユニットVAR＝2Bには、でたらめをいうことなど不可能です」

「演説はそれでおしまい？」アデレーアは退屈そうなそぶりを見せた。

「いいえ。犯人がだれだったのか、あなたも興味があると思いますが」

「ええ、興味があるわ。これで満足？」

シャーロックは咳ばらいした。

「メインドーム出入口のコードを保管していたサルガ・エーケシュの金庫に近づけたのは、だれでしょう？」

「サルガとヨールン船長ね」と、アデレーア。

「ドームのあいだにある、根っこ共生体が侵入してきた場所を、正確に知っていたのはだれでしょう?」

「サルガとヨールン船長と、ほかにも十数人いるわ」

「だれにも見られずにハッチの開閉機構を操作できたのはだれでしょう?」

「サルガとキルト。ほかになにか?」アデレーアはずっとロボットに背を向けたままだ。

「ロクヴォルトイルカを追跡したときの記録は、わたしも見ています。外のジャングルでキウープに出会えると考えたのはだれでした?」

「だれって、サルガとキルトでしょ」アデレーアは肩をすくめた。

「では、最後の質問です。これも調べたのですが、地球でロクヴォルト行きチームが結成されたとき、キウープがこの惑星に同行させたいと指名したのは、だれだったでしょう?」

アデレーアは立ちあがり、ロボットにつめよった。

「なにがいいたいわけ?」

「キウープが明確に指名したのはただひとり、あなたです、アデレーア。ほかの質問の答えにも、当然、あなたがふくまれるはずです。だが、あなたは自分をふくめなかった。キウープの協力者はあなた以外にいません」

「やっぱりどうかしてるわ、シャーロック」

「自白がなくても、わたしの告発は有効です。上司があなたの犯罪行為を見逃すというのなら、話はべつですが」

「見逃すわよ」と、サルガ。「とにかく、もう疲れたからひと眠りしたいの」

「同感だ」ヨールンが大きなあくびをした。「それと、シャーロックは《ルツフリグ》にもどれ。いいな？」

「まだキウープの意見を聞いていません」と、ロボット探偵。

宇宙の捨て子はベルトから小型の装置をとりだし、アデレーアの額に押しあてた。

「ずっと前から計画していた実験なので、どうしても成功させなくてはなりませんでした」と、やや恥じいったように説明する。「脳を部分的に操作したことを許してください、アデレーア。あなたは自分のしたことを知らない。あなたがたの言葉でいう、後ヒュプノ効果というものです。いま、解除しました」

アデレーアは目から鱗《うろこ》が落ちた気分だった。

シャーロックは胸の前で腕を組み、うぬぼれた笑みを浮かべた。

射程内のテラ

クラーク・ダールトン

登場人物

ペリー・ローダン……………………………宇宙ハンザ代表
レジナルド・ブル（ブリー）…………………ローダンの代行
ラス・ツバイ………………………………テレポーター
グッキー……………………………………ネズミ＝ビーバー
フェルマー・ロイド………………………テレパス
ジェフリー・アベル・
　　　　　ワリンジャー…………………ハイパー物理学者
マージ・ヴァン・シャイク…………………《ミルキーウェイ》船長
タッセルビル………………………………サウパン人

1

　惑星ロクヴォルトにいるペリー・ローダンのもとにとどき、かれが急いで地球にもどる原因となった報告は、なんとも困惑するものだった。それは深淵の騎士、ジェン・サリクがテラに帰還したさいの、謎に満ちていた最初の報告を思いおこさせた。

　半年たらず前、異人の一小艦隊がM－13に出現し、そのすぐ近くに、ほぼ完成した構築物が発見された。のちにこれは〝時間転輸機《てんてつき》〟と命名された。時間転輸機は惑星アルキストに時間塵を投下し、居住者を惑星からの全面退去に追いこんで、その危険性をあらわにした。

　超越知性体セト＝アポフィスの不気味な新兵器を重力爆弾で破壊しようとする試みは、みじめな失敗に終わったのだった。

　ローダンはライレの〝目〟を使った無間隔移動で、かつてのインペリウム＝アルファにあるハンザ司令部にもどった。一分もむだにすることなく、ジュリアン・ティフラーやレジナルド・ブルと、最新の状況を協議する。

ローダンはふたりにロクヴォルトでの出来ごとを話し、すぐに話題を喫緊《きっきん》の課題にうつした。

「セト＝アポフィスが第六の時間転輸機を設置しようとしているのはまちがいない。問題は、比較的遠距離にあったこれまでの五つと異なり、すぐ近く……ヴェガ星系にあるという点だ」

ティフラーとブリーはうなずいた。目新しい話ではない。ローダンに警報を発したのはかれらなのだ。ふたりは黙って、ローダンの話のつづきを待った。

「ほかの時間転輸機五つのせいで、アルキスト、ダウォク＝2、トルペクス、ワーフェム、セルフィン＝4の各商館がたちのくはめになった」

「ほんとうにあらたな時間転輸機なのでしょうか？」と、ティフラー。

「まずまちがいない。ネーサンの分析は完全に信用できる。サリクの観察も考慮したが、データは一致していた。セト＝アポフィスがヴェガ星系の惑星を時間塵で攻撃しようとしているとは思えない。狙いはたぶん太陽系の惑星、おそらく地球だろう……」

一瞬、ティフラーとブリーは言葉を失った。やがて、遅ればせながら気がつく。

「なんとしても防がないと！」

「そのとおり！」と、ローダン。「ただ、問題はひとつ。どうやって？　もうアルキストのことを忘れたのか？　時間転轍機には、どんな攻撃も効果がなかった。たとえ内部にはいることができてもだ」あのときのひどい経験を思いだし、気分が落ちこむ。だが、すぐに立ちなおった。「あんな経験は二度とごめんだ」

「べつの手を考える必要があります」と、ティフラー。「ヴェガ星系で起きていることを、指をくわえて見ているわけにもいかないでしょう？　それとも、交易相手であるフェロン人を見すてますか？」

「あそこにはわれわれの要塞もあります」と、ブリー。

友ふたりを見るローダンの目つきから、かれがフェロン人のことを完全に忘れていたのがわかった。

「ジェフリーになにかアイデアがあるかもしれません」と、ティフラーが示唆《しさ》。

「ラスにも相談すべきでしょう」と、ブリー。「アルキストの時間転轍機を破壊しようとしたとき、その場にいたんですから」

やがてやってきたジェフリー・アベル・ワリンジャーとラス・ツバイは、当然、なんの話なのかわかっていた。ふたりの表情はいつになく真剣そのものだ。

ローダンはティフラーとブリーに話したことをもう一度くりかえし、自分の懸念を伝えたあと、こう締めくくった。

「これまでに知られている時間転輸機は、いわゆる時間塵で商館惑星を爆撃してきている。既存の五基の転輸機は、まだ機能が不完全だったのだろう。そうでなければ、商館が撤退した時点で、とっくに攻撃をやめているはず。まだ実験段階だったと考えるのが妥当だ。だが、その状況が変化した」

「つまり、改良の余地があったということですか？」ワリンジャーが考えこみながらたずねる。

「ヴェガ星系の転輸機には、その改良が反映されているだろう」と、ローダン。

「距離もわずか二十七光年です」ラスが暗い声でつぶやく。

「そのくらいだな」と、ローダン。「十四隻からなる異人の小艦隊はヴェガから二光年の位置にあり、ゴールドに輝く構築物の建造を開始している。いつ完成し、使用可能になるかは、だれにもわからない。時間は、もうないと考えるべきだろう」

「ここからが本題だ」と、ティフラー。「アルコン爆弾も効果がないなら、どうすればいい？」

　ワリンジャーが挙手して、話しはじめた。

「待ってください、友たち！　爆弾が効果がないというわけではありません。時間転輸機の破壊は可能です……起爆することさえできれば。前回は起爆しなかった。そこが問題だったのです」

「では、どうすれば同じことが防げるか？」と、ティフラー。

「起爆を適切に設定すればいいんですよ、ティフ。その点は考えてみます。だから、どうやって爆弾を時間転轍機のなかに持ちこむかを考えてください。いいですね？」

ワリンジャーは返事も待たずに出ていった。

ローダンはドアが閉まるまでその背中を見送り、こういった。

「まさに仕事中毒だな。さて、それでは……」

＊

その物体は全長二十キロメートルほど。形状はY字、あるいは、転轍機のように一端が分岐したレールに似ていた。全体がゴールドに輝いている。

すぐ近くには異宇宙船が十四隻停泊していた。巨大な鳥のような形状だ。翼、頭、脚……象徴的なかたちながら、すべてがそろっている。本体部分の長さは五百メートルほどだが、〝頭〟から〝尻尾〟までをはかったら、千メートル近くになるだろう。

十四隻の乗員たちが、時間転轍機の建造に従事しているのは疑いない。

二光年の距離から観察するヴェガは、明るく大きな恒星だ。建設中の時間転轍機は、地球から見た場合、ヴェガ星系の側方に位置し、ソルからは二十七光年はなれている。

それは長距離偵察機がハンザ司令部に持ち帰ったのとほぼ同じデータで、ネーサンにもそのデータが提供された。それ以上の詳細をつきとめることはできない。なにがあっても、異人に気づかれたくなかったから。

＊

ローダンはハンザ司令部に帰還したその日……NGZ四二五年三月一日……人々からひそかに〝将軍〟と呼ばれるマージ・ヴァン・シャイクから夕食に招待された。ローダンが個人的な招待に応じることはめったにないが、緊迫した状況にもかかわらず、今回は例外とした。

シャイクの妻マーグレットはめずらしい客を丁重に迎え、娘のドゥージェが休暇で火星に行っていることをとても残念がった。

シャイク自身は楽しそうに客の背中をたたいた。ふたりは親友になっていたのだ。

「ハロー、ペリー、もどってきたんですね。招待をうけてくれてうれしく思います。いつものように忙しいんでしょうが、今夜は特別ということで」

ローダンはうなずき、家のなかにはいった。家の周囲は緑にかこまれ、それをさらに低い柵がかこんでいる。

マーグレットは配膳ロボットを停止させ、自分で料理を運んできた。

「話を聞かせてください！」ワインがテーブルにならぶと、マージがいった。「もう長らく、なにも起きていないんです」

「すばらしい料理だ」ローダンはマーグレットに賞讃の目を向けた。「ロボットがこれほどの料理をするとは……」

「とんでもない」と、マージ。「ロボットは皿を洗う程度ですよ」

「掃除もね」妻が口をはさむ。

〝将軍〟は星雲級大型艦のもと艦長で、以前はLFTにいた男だ。話を聞かせてくれといわれたローダンは、ロクヴォルトで起きたことをかんたんに説明してから、本題にはいった。この老戦士に、事情を秘密にする必要はない。

「長く現場をはなれすぎたようです！」と、怒りをおさえた声でいう。「わたしだったら、ぐずぐずしてはいません」

ローダンは寛大に微笑した。

「きみならどうするというんだ、友よ？」

「ありったけの戦力を集めて攻撃しますよ。人類の終焉をもたらすかもしれないものを近くに建造されて、指をくわえて見ているつもりですか？」

ローダンは相手のひろい胸にひとさし指を向けた。

「攻撃したいというのはよくわかる。こちらに武装した艦船があるのはたしかだし、たぶん異人を撃退し、時間転轍機の建造を妨害することもできるだろう。だが、それでなにが得られる?」

「その迷惑な代物を建造させないようにできます! ほんとうにわからないので?」

ローダンはふたたび笑みを浮かべた。

「いや、それはわかる。建造は阻止できるだろう。だが、そのあとどうなるか、論理的に考えたことがあるか、マージ? 十四隻の小艦隊はいなくなるだろう。そして宇宙のどこかに、あらたに第七の時間転轍機が建造される。どこになるかは見当もつかない。探知できるかもしれないし、できないかもしれない。いずれにせよ、われわれは艦隊の半数を割《さ》いて、つねに異人の艦隊を探しつづけなくてはならなくなる。その異人にしても、強制されているだけで、われわれに敵対する行動をとっているとは、知らないのではないかと思える」

「ふむ」〝将軍〟はそういったが、納得したようには見えない。

「さらにべつの見方もある」ローダンは辛抱強く先をつづけた。「多くの戦術家がいうように、攻撃はかならずしも最上の策とはかぎらない。時間転轍機とその建造者のことを、もっとよく知ることが重要だ。そのためには相手をよく観察し、まだ作動していない転轍機を接収する必要がある。異人から話を聞くことも、できるかもしれない」

「ふむ」と、〝将軍〟はくりかえし、「たしかに、そのほうが合理的です、ペリー。情報を収集し、問題の代物のことをもっとよく知って、同時にその完成を阻止する。ですが、どうやって実行します？」

「その点はまだ頭を悩ませているのだ、マージ。きみから助言が得られれば、と、思っていたのだが」

マージはしばらく考えこみ、そのあいだにマーグレットがローダンに、さわやかな口あたりの合成飲料をすすめた。

「探知されないようヴェガのかげにはいり、一、二隻で観察すべきでしょう」マージがようやく口を開いた。「問題は、それで充分なのかどうかです」

「たぶん不充分だ。もっと接近しないと」

「では、適切な偽装が必要です」

「偽装……？」ローダンは瞬時に、ここに解決の糸口がありそうだと感じた。「そうだな。気づかれずに接近するには、偽装するのがいいだろう。ネーサンに聞いてみよう」

ものの見方がやや時代遅れのマージも、もうろくしているわけではないようだった。

「ヴェガ宙域は何度も航行したことがあり、そのたびに、浮遊するデブリにいらいらさせられたもの。何世紀も昔の、トプシダーとの戦いの残骸です。だれも清掃しないので、いまでは小惑星帯のような、見慣れたものになっています。たぶん異人も、浮遊する残骸にはもう慣れっこでしょう……どう思います？」

ローダンには友がなにをいいたいのかわかった。うなずいて、グラスの飲み物に口をつける。

「きみの助言は役にたつとわかっていたよ、マージ。感謝する。ヴェガ星系付近では、漂流する残骸はめずらしいものではない。たまたまそのひとつが異人の艦隊に接近しても、気にする者はいないだろう。念のため、ヴェガ星系の外縁に、宇宙船を一隻派遣しておきたい。行く気はあるか？」

ヴァン・シャイクは言葉を一瞬つまらせ、すぐに歓喜に満ちて答えた。

「もちろんです、ペリー、よろこんで！　このところ、すっかり退屈していたんです」

妻と目が会って、ぎくりとしたようすを見せる。「いや、そういう意味じゃなく、宇宙船に乗りたいと考えていました。腕がなまりますからな」

「わかっている」ローダンは微笑し、すぐに真顔にもどった。「三日もあれば準備ができるだろう。たいしたものは必要ない。宇宙船の残骸を用意して、見たところ無目的に、転輸機のほうに漂流させればいいだけだ。残骸内には気密室を用意する」

「居心地が悪そうですな」

「そうでもないだろう。居心地よくすごせるようにするさ」ローダンは立ちあがった。「申しわけないが、時間がない。そろそろ行かないと。すぐにこの作戦を進めたい。スタートは三月三日だ」

「もう二日ですが、三日でいいので？」

「なんとかする」ローダンは短く、だが、心のこもった別れの挨拶を述べた。

＊

その同じ夜にはもう、熟練の修理作業員を乗せた特殊船がヴェガ星系外縁に到達し、適当な残骸を探しはじめていた。

特殊船の船長は、時間転輸機を建造している異人の艦隊に探知されるとわかっていた。だが、問題はない。この宙域にはテラナーやフェロン人の船がよく出没するが、転輸機建造者にちょっかいを出さないかぎり、向こうも無視するから。

船は慎重を期してまず星系内に進出し、そのあと恒星ヴェガを船尾に見て、そのかげにはいった。作戦に適した残骸はふたつ見つかった。コースを大きく変えることはできないが、推進装置を設置して、多少の操縦を可能にする。

残骸はトプシダーの戦闘艦だった。魚雷形の船体は全長三百メートルだが、直径は十八メートルしかない。中央部に球型司令室があり、その部分の直径は五十メートルほどだ。

すくなくとも、本来はそういう形状だった。ロケット推進ノズル四基があったはずの尾部は吹っ飛び、いまはぎざぎざの穴があいている。艦首も五十メートルほどが失われていた。それでもドーム状の中央司令所は比較的、無傷で、特殊部隊はそこに空調完備の気密セルを設置し、乗員が居住できるようにした。

腕のいい修理作業員たちは一部のモニターも修理し、小型反応炉のエネルギーで作動するようにした。全体が完璧にシールドされているので、放射が外に漏れることはない。外から観察するかぎりでは、ただの残骸にしか見えなかった。それがかなりの高速で、時間転轍機が建造されているポジションに向かっていく。

条件はととのった。

作業は二十四時間で完了し、特殊部隊はテラに帰還して、命令の完遂を報告した。

＊

そのすこし前、ローダン、ブリー、ティフラー、ワリンジャー、ラス・ツバイ、フェルマー・ロイドの六人はハンザ司令部に集まり、作戦の細部を検討した。

おもな議題は〝残骸の乗員〟の選定だった。ローダンが発言をもとめ、みずから残骸に乗りこむことに積極的な意志をしめすと、ワリンジャーとラスが即座に反対した。

「論外です！」と、テレポーターが驚きの表情でいう。

「なぜだめなんだ、ラス？」

「アルキストの時間転轍機を破壊しようとしたときの経験で、懲《こ》りているはずです。ジェフリーの反応を見ても、わたしと同意見だとわかるはず。単純に、危険すぎるんですよ。勇気があるのはわかりますが、あなたになにかあったら、ハンザがどうなるか考えてください。乗員はミュータント以外にありえません！」

ラスが口を閉じ、ワリンジャーがうなずくと、ローダンはいった。

「わたしとしては反論のしようがない。では、だれが行くんだ？」

ラスが黙っているので、ワリンジャーが答えた。

「ラスしかいないでしょう。すでに時間転轍機にはいったことがあり、性質を知っています。未完成の転轍機のなかなら、テレポーテーションも機能するかもしれません。本人に異存がなければ、わたしはラス・ツバイを推薦します」

ラスは無言でうなずいただけで、なにもいわない。

それでもローダンは、その目のなかに強い決意を見いだしていた。

「わたしも賛成する。もうひとりのメンバーは？」

ブリーがフェルマー・ロイドを指さした。

「最初にフェルマーを考えたんですが、残骸との連絡役として待機する必要があるでしょうな。テレカムが使えるとは思えませんから。外部と通信する残骸なんて、目だちすぎる」

「そのとおりだな」と、ローダン。「フェルマーも偵察船《ミルキーウェイ》に乗船してもらう。ティフ以外、われわれ全員だ。つねに恒星のかげにいるよう注意すれば、転輸機まで半光年くらいには接近できるだろう。それで充分だと思う」

「で、もうひとりの人選はどうします？」ブリーはそうたずねたが、答えは見当がついていた。

「〝人〟ではない」と、ローダン。「イルトだ。グッキーに行ってもらう！」

「どちらもテレポーターですか！　それはいい！」ワリンジャーが歓声をあげた。「それならチャンスは大きい。どう思う、ラス？」

「わたしもグッキーが適任だと思います」

「問題解決だな」と、ローダンが満足そうにいう。「とにかくグッキーに話を……」

「ちびの性格からして、答えは決まってますさあ」ブリーがにやにやしながらいう。

「そもそも、どこにいるんだ？」と、ワリンジャー。

答える者はおらず、まだ時間もあることから、議題はほかの話にうつる。一時間後、ローダンが決定をくだした。

「《ミルキー・ウェイ》はあすスタートする。船長はマージ・ヴァン・シャイク。船はヴェガ星系に向かい、恒星のかげにかくれて時間転輸機のほうに進み、準備した残骸に接近する。ラスとグッキーが残骸にテレポーテーションしたら、われわれは探知されないよう、すこし後退する。フェルマーは両者と接触をたもつ。グッキーもテレパスだから、エネルギー性の妨害かなにかがないかぎり、両方向の連絡が可能だ。時間転輸機はまだ作動していないから、時間現象は生じないはずだが、生じた場合のことも考えておくべきだろう。すべては一瞬の判断になる。なにか質問は？」

だれも声をあげない。

次は三月三日朝、《ミルキーウェイ》のスタート直前に集まることになった。

＊

NGZ四二五年三月三日の朝がきた。

ローダンは手っとり早く、最後のブリーフィングを《ミルキーウェイ》船内で開いた。直径千五百メートルの球型船はスタート準備をととのえ、命令を待っている。マージ・ヴァン・シャイク船長は緊張を押しかくし、決然とした態度を見せた。

フェルマー・ロイドは自宅にいないネズミ＝ビーバーを、ほかのだれよりも早く見つけだした。

「時間転轍機？」グッキーは疑わしげにたずねた。「アルキストにあったみたいなやつ？　うーん、どうしよっかな……」

「尻尾を巻いて逃げるのか？」

たぶん、この問いが決定打だった。

「尻尾を巻いて逃げる？　かつて大宇宙の救世主とも称された、このぼくが？　フェルマー、そいつは大きな勘違いだぜ！　それに、転轍機にはくわしいんだ。太陽系帝国ができたばかりのころ、仲のよかった男がいて、そいつが鉄道の線路を切りかえる、あの伝説の装置の専門家でさ。一日じゅう転轍機の点検ばかりやってて、そんときぼくも教えてもらい……」

「たわごとはもういい！」フェルマーは腹だたしげに話をさえぎった。「《ミルキーウェイ》に行くんだ。すでにわれわれを待っている」

グッキーは深いため息をつき、フェルマーといっしょにテレポーテーションした。

いま、グッキーは選抜メンバーのあいだにしゃがみこみ、最新の状況報告と提案を辛抱強く聞いていた。だれもが驚いたことに、いつになく寡黙だ。フェルマーだけはテレパシーで、その疑念を知っていた。集まった面々にとって、好ましいものではない。

フェルマーはあとでグッキーと話しあおうと決めた。

報告が終わると、ローダンはスタート前に夜まで休息時間をとった。全員がそれぞれ自室にひきとる。グッキーはテレパシーでフェルマーから話があるといわれ、黙ってうなずいて、フェルマーのキャビンで落ちあった。

「どうして沈んでいるんだ、グッキー？」フェルマーは腰をおろすと、そうたずねた。

「きみらしくないじゃないか」

ネズミ＝ビーバーはため息をついた。

「いやな予感がするってだけさ……でも、だれにもいうなよ。笑われるに決まってるから」

「ここだけの話にする」と、フェルマーは約束した。「ただ、ラスはもう気がついているぞ。たぶんほかの者たちも。訊かれたら、どう答えればいい？」

「ほんとうのことを！　ぼくが考えこんでたっていえば、いい印象をあたえるだろ。不安は一時的なものだってこともね。でも、その転輸機がどんなものか、ラスから聞いてるんだ。ぼかあ、モンスターが相手ならスーパーマウスなんだけど、時間転輸機となると……ま、いまにわかるさ」

「きみならやれる」と、フェルマー。「ずっと連絡はたもっているんだ。なにかあったら、助けに駆けつける」

「すぐにきちゃだめだ！」グッキーが急いで制止する。「そんなことしたら、すべてだいなしだよ。連絡がとだえたら、転輸機から目をはなさないようにして、ぼくからの連絡を待つんだ。連絡が回復できないようなら……」グッキーの声に諦観がにじんだ。「……助けにきたって手遅れさ」

フェルマーは友の肩をたたいた。

「いつもの楽観主義はどうした？」と、明るく声をかける。「どんな気分なのかはわかる。わたしも同じだからな。だが、そういうのは危険な任務にはつきものだ。ラスも楽しそうには見えなかった。二時間ほど寝てみたらどうだ？　なにもかも、違って見えるようになるかもしれない」

「そうだといいけど」グッキーはそういうと、急に生じた真空の部分に空気が押しよせる音をのこして消えさった。

＊

《ミルキーウェイ》は……テラから見て……側方からヴェガ星系に進入し、第四十惑星の軌道付近で直角にコースを変えた。ヴェガを船尾に見ながらそのかげにはいって探知を逃れ、慎重に残骸に接近する。残骸は未完成の時間転轍機に高速で向かっていた。二十四時間後には建造現場をかすめるはずだ。

さいわい、近くにはべつの、なにも手をくわえていない残骸があった。ちょうどいい目くらましになる。ただ、グッキーが〝屑鉄の山〟と呼ぶ、かれらが乗りこむ残骸のほうが、速度がずっと大きかった。デブリはどれも速度がばらばらなので、目だつことはないのだが。

「密封されて生命維持システムが働いているのは、球型司令室のいちばん上の、中央司令所だけだ」ローダンは両テレポーターに念を押した。〝屑鉄の山〟が接近してくる。

「ただ、だいじょうぶと確信するまで、ヘルメットは閉じておけ。《ミルキーウェイ》

が最接近するまで、あと三分だ」

「充分です」ラスがスクリーンから目をはなさずに答えた。残骸が徐々に大きくなってくる。はるか彼方にはちいさな光点が揺らめいていた……未完成の時間転轍機だ。

グッキーがラスの横に立ち、手をつないだ。同時に同じ目的地にジャンプするときは、いつもそうする。ヘルメットをあいているほうの手ですぐに閉じられるから。

「あと二分」と、ローダン。

マージ・ヴァン・シャイクは操縦士ふたりにはさまれて、主操縦装置の前にすわっていた。火器管制スタンドには黄色い警告灯が点灯しているが、攻撃されると思っている者はいなかった。

「あと一分。準備はいいな。幸運を祈る、友よ！」

両テレポーターが無言でヘルメットを閉じる。

〝屑鉄の山〟はまだ数百キロメートルはなれているが、どのスクリーンにもはっきりとうつっていた。

「三十秒後にジャンプしろ」と、ローダン。「爆弾は気をつけてあつかえ、グッキー。ジェフリーの指示を忘れるな」

グッキーとラスのヘルメット・テレカムは出力を絞ってあり、通信可能距離はせいぜい百メートルだ。これならヘルメットが開けられない状態でも、意思疎通はできる。

いまだ！

フェルマー・ロイドのテレパシー・インパルスをうけたグッキーは、ラスの手をぎゅっと握った。決めておいた合図だ。

同時にテレポーテーション。

マージ・ヴァン・シャイクは《ミルキーウェイ》を大きく旋回させた。加速はしない。異人はこの大型船を探知しただろうが、それはかまわなかった。発見されたと思っても、敵対行動はとらないはず。船がひきかえすのを見て安心し、残骸には気づきもしないだろう。

ローダンは緊張がゆるむのを感じた。もうできることはない……待つ以外には。かんたんなことではなかった。フェルマーに目をやると、テレパスは首を横に振った。

「まだなにも。インパルスはありません。いや……きました！　残骸のなかに到着し、すべて予定どおりです。グッキーが〝屑鉄の山〟の速度をあげてもいいかとたずねています」

「ぜったいにだめだ！」と、ローダン。「二十四時間後に目的ポジションに到達するよう、計算してある。速度を変更すれば、すぐに異人に気づかれるだろう。よくいいきかせるんだ、フェルマー」

十秒後、フェルマーはうなずいた。

「ちびは理解して、ばかなことをたずねたといっています」

ローダンは寛大な笑みを浮かべた。ブリーがぼそりとつぶやく。

「あいつはいったい、いつになったら成長するんだ……」

《ミルキーウェイ》はヴェガ星系に再進入し、時間転轍機と主星の中間ポジションにはいったあと、ふたたび星系外縁に向かった。

転轍機と残骸はまだ探知できるが、もう視認はできない。

長い待機がはじまった。

2

グッキーはヘルメットを開いて、ほっとため息をついた。

「残骸にしちゃ、いい空気だね」中央司令所内を探るように見まわす。「なかなか居心地がいいや。掃除までしてくれたんだ」

「食糧の備蓄を忘れてないといいんだが」と、ラス・ツバイ。

「こんなときに食べ物の心配かい？」グッキーはとがめるようにいい、あらたに設置された装置に向きなおった。

ラスは作業をグッキーにまかせ、モニターのスイッチをいれた。

後方のカメラはまだ《ミルキーウェイ》のちいさな船影をとらえていたが、それはすぐに主星の光にまぎれて見えなくなった。〝屑鉄の山〟の乗員二名は、前方のカメラの映像に集中した。大倍率で拡大しているので、時間転轍機のようすがよくわかる。

「まだしばらくは完成しそうにないな」すこし観察してから、ラスがいった。「輪郭がぼやけていて、アルキストのとはまるで違う。運がよければ、時間・エネルギー乱流に巻きこまれずにすむかもしれない。テレポーテーションやなにかが妨害されたのは、その乱流のせいだ。フェルマーとは連絡できているか?」

「うん、問題なくね。定位置について、もうこっちは見えないってさ」

グッキーはヘルメットを閉じた。

「なにをする気だ?」と、ラス。

グッキーは数秒だけ、ふたたびヘルメットを開いた。

「テレカムをいれといて。この残骸のなかを見てくるからさ」

「気をつけろよ!」ラスがそういったとき、グッキーはもう非実体化していた。

二階層下に出現し、あたりを見まわす。

そこはまさしく残骸だった。エンジン室に通じる通廊の壁には穴があき、星々が見える。トプシダーがどんな宇宙船を使っていたか、思いだすのもむずかしかった。ずいぶん昔のことなのだ。ためらいがちに艦尾方向に移動する。折れ曲がった支柱を何度も迂回したり、くぐりぬけたりしなくてはならなかった。二百メートルほど進むと、残骸のはずれに出た……直径十八メートルの、巨大な穴があいている。

きれいに命中したもんだな。そう思いながらひきかえす。艦首側も見てみたが……やはり原形をとどめていなかった。中央司令所がのこっていたのが奇蹟だ。

短いジャンプで司令所にもどる。

ラスが備蓄を調べていた。

「どんなぐあいだい、ラス？」グッキーはそういいながら、ヘルメットを開いた。

「なにもかもそろってるし、この残骸のなかで数週間の休暇が楽しめるくらいの量がある」

「そいつはいいや」ネズミ＝ビーバーはうれしそうにいい、パッケージや容器をひっかきまわした。

「探し物か？」ラスが興味深そうにたずねる。

「そういうわけじゃないけど」

ラスはにやりとした。

「時間のむだだよ、ちび。ニンジンは積み忘れたらしい」

グッキーがさっと振りかえった。

「テレパシー能力が発達してきたみたいだね、黒肌の友。じゃ、テラの凝縮口糧でがまんするよ」

これは濃縮ジュースと瓶づめという意味だ。

時間はゆっくりと過ぎていった。することがなにもない。グッキーはもう一度、腰にさげて持ってきている二個の特殊爆弾を点検した。ワリンジャーが信管に新しいメカニズムを組みこんだものだ。爆弾に信管を装塡すると、信管は人工的な精神インパルスを発しつづける。テレパスならだれでもそれを感じとることができ、爆弾がどこにあるかわかる。

起爆にはテレパシー性・テレキネシス性遠隔インパルスを送るだけでいい。ワリンジャーはこんどこそうまくいくと確信していた。

二時間ほど仮眠しようとしたが、ふたりとも眠れなかった。

目的ポジションまで十時間になると、転輸機がもっとよく観察できるようになった。映像を拡大すると、まるで目の前にあるように思える。

輪郭は相《あ》いかわらずぼやけているが、全体のかたちはわかるようになってきた。Y字の〝下〟から分岐までの部分は、長さ七キロメートル、幅六キロメートル、厚さは二キロメートルほどある。分岐した先も幅は同じくらいで、長さはもうすこしあるようだ。その両端の開口部は十キロメートルほどはなれていて、全長は二十キロメートルくらいになる。

「大きさはあっている」ラスがつぶやいた。「完成間近ということ」

前回の経験を思いだすと、たとえ可能でも、内部に直接テレポーテーションするのはためらわれた。かといって、表面にジャンプしたらすぐに見つかってしまう。あるいはアルキストの転輸機のときのように、沈みこんでしまうか。

グッキーはその考えを読んだようだった。

「沈みこむだって？」

「知ってるはずだろう！　あれはフォーム・エネルギーでできているらしい。ふつうの物質ではなく、柔らかいんだ」

グッキーはにやりとした。

「鉄道の線路を切りかえるものが、柔らかいとはね」

ラスはとても笑う気にはなれない。

ふたたびモニターに視線をもどす。

ゴールドの構築物の分岐した先端に、あの電光のような輝きは見あたらなかった。まだ活動を開始していない証拠だ。Yの縦棒の先端で起きる爆発も、やはり見られなかった。

「有翼艦を見てみなよ。ほんとうに話のとおりだ」と、グッキー。

それは実際、巨大な鳥を思わせた。時間転轍機と同じく、宇宙空間を漂っているように見えるが、現実にはすべてが時速八千キロメートルで移動しつづけている。その延長線上にあるのは、宇宙の虚無だけだった。

「あの艦の司令室はどこだろうな？」と、ラス。

「たぶん、鳥の〝頭〟のとこだよ」と、グッキー。「それって、つまり……？」ラスの考えを読んで、驚いて黙りこむ。

「いいじゃないか？　いきなり転輸機にジャンプするより、危険はちいさいと思うが」

「有翼艦のなかに？」ネズミ＝ビーバーは信じられないという顔をしたが、すぐにうなずいた。「うん、論理的に考えればそのほうが賢明だし、危険もすくなそうだ。ぼくが考えついてもよかった」

「異人のようすも探ることができるしな」

数時間後、この作戦の決定的瞬間が近づいてきた。これまでのところ、異人が残骸を気にするようすはない。五十キロメートルくらいのところをかすめることになるはずだ。

「艦から転輸機のあちこちにつながっている、半透明のチューブみたいなものはなんだろう？」

ラスの疑問を聞いて、グッキーはテレキネシスで映像を拡大した。

「ただのチューブじゃないね」そういい、同時にフェルマーにも情報を伝える。「エネルギーを注入する、へその緒みたいなもんかな。転輸機と同じく、ふつうにいう物質でできたものじゃないよ。あれが転輸機にエネルギーを充塡してるんだ」

「そんなところだろう」ラスも同意する。

決断がつかないまま、両テレポーターは残骸のなかにとどまっていた。ネズミ＝ビーバーはどこかうわの空だ。ラスには集中力を欠いているように見えたが、そうではないとすぐにわかる。

「艦内の思考インパルスを読んでみたんだけど、意味がわかんないよ。感情はたくさんあるけど、区別がつかないんだ。なにを考えてるのか、さっぱりさ」

「精神インパルスか？　それなら、とにかく艦内にものを考える存在がいることはわかったわけだ……いいぞ！」

「うん、でも、わかったことは多くないよ。もっとやってみる」

ラスはモニターから目をはなさず、グッキーはかすかな精神インパルスをなんとか読みとろうとした。

「異人は抑圧されてるみたいだ」しばらくして、ラスにそう告げる。「数名からそれが感じられるけど、全体はどうかな……？」

「なんらかの圧力をかけられているわけか？」ラスは事情をはっきりさせようとした。

「たぶんね。あるいは、もともとそういう性格なのか。もっと近くから見てみたいな」

「じゃ、そろそろ行くか」ラスはため息をついた。最初から感じている不安は、いまも消えてはいない。「爆弾を忘れるな」

「自分の目玉みたいにだいじに持ってくよ」と、グッキー。

ヘルメットを閉じ、最後にもう一度、いちばん近くの有翼艦を拡大映像で仔細《しさい》に眺める。通常モニターで見るかぎり、ちいさな一光点にすぎない。ほかのよりはやや大きいが、明るいというほどではなかった。

「翼の部分にジャンプしたらどうかな」と、グッキー。「そこなら、いきなりだれかに出くわす可能性はちいさいから」

「どうしてわかる？」

「そう思うだけさ。さっきもいったけど、鳥の頭に司令室があるのはまちがいないんだ。精神インパルスで確認できないのは残念だけど」

「いいだろう、翼にジャンプする」ラスが決断した。

両テレポーターは拡大映像の助けを借りて、左の翼に狙いを定め……

……非実体化した。

＊

「ジャンプしました」フェルマー・ロイドが報告した。「グッキーが〝有翼艦〟と呼ぶ宇宙船の一隻です」

「接触を絶やすな！」と、ペリー・ローダン。

「いま切れました……残念ながら」

「ラスはどうだ？　せめて存在を感知できないか？」

「だめです。エネルギー性の妨害があるようです」

ジェフリー・アベル・ワリンジャーはなにもいわない。すわり心地のいいシートに腰をおろし、大全周スクリーンを見つめて考えこんでいる。そこにうつっているのは遠い星々だけだ。

　ふたつの爆弾に施したしかけは、最高のアイデアだったと思っている。信管を装塡したら、起爆させられるのはグッキーだけで、それを妨害することはだれにもできない。

　時間転轍機を爆破するのはかんたんだろう。グッキーが信管を装塡した爆弾を持ちこみ、ラス・ツバイとともにテレポーテーションで残骸にもどり、起爆させればいい。だが、それでは根本的解決にならない。もっと重要なのは、あの悪魔じみた装置のことをよく知り、その建造者についても詳細に調査することだった。

「なにか問題でも？」と、横に立ったローダンがたずねる。「考えこんでいるようだが」

「問題だらけですよ、ペリー。行動できないのは気分が悪い。待つだけでは、頭がおかしくなりそうです」

「ほかにどうしようもない。じきにグッキーから報告があるだろう。たぶん転轍機が妨害しているのだ」

「転轍機なら不思議はないんですが、有翼艦に妨害されるというのが理解できません」

　その話はそれ以上つづけられなかった。いきなりフェルマーが声をあげたのだ。

「接触が復活しました！」

ローダンはすぐに駆けつけたが、テレパスがいっしんに集中しているのを見て、無言でそれを見守った。とうとうフェルマーが口を開いた。

「ぶじに有翼艦に到着しました。グッキーもいきなりわたしとの接触を断たれ、原因はわからないそうです。いずれにせよ、いまは回復しました。異人の艦内を移動するのを追跡できます。ただ、報告はすこし待ってください。インパルスがひどく弱いもので」

ローダンはうなずき、自分のシートにもどった。

「これだけで、だいぶ気分がよくなった」

＊

両テレポーターが再実体化したのは、さまざまな装置やパイプ、用途不明の器具や梱包された容器が雑然とつめこまれた場所だった。それでもなんとか、まっすぐに立てるだけの空間はある。

ラスはすぐにヘルメット・ランプを点灯し、あたりを見まわした。

「ひどい散らかりようじゃないか」と、グッキー。「どういう場所なんだろう」

「備品保管庫かな。ま、ここならかんたんには発見されないだろう」ラスが皮肉っぽくいう。

「それじゃだめだろ。会って話がしたいんだから。でも、もう一度テレポーテーションするのは不安だな。フェルマーとの接触が切れちゃったんだ。どうしてだと思う?」

「たぶん、ここになんらかの放射が……」

「だったら、ここから出なくちゃ。行こう!」

かんたんにそういったが、ぬけだすのはかなり大変だった。それでもグッキーはまだ小柄なのでせまい隙間を通りぬけられるが、ラスはそうはいかない。十分後、やっとものがすくなくなりはじめたころ、フェルマーとの接触が復活した。

「胴体部分まで、まだ五十メートルくらいありそうだな」と、ラス。

グッキーがかれの腕に手を触れた。

「あんまりしゃべんないほうがいいぜ。向こうの装置がどのくらい敏感かわかんないんだ。いいたいことがあったら、考えるだけでいいよ。ぼくも簡潔に……〝うん〟か〝いんや〟で答えるからさ」

「わかった」

短い休憩のあと、ふたたび苦労して前進し、平坦な金属板の前にたどりついた。だれが見てもハッチだと思うだろうが、開閉機構のようなものは見あたらない。

ラスはグッキーに問うような視線を向けた。

〈どうする? テレポーテーションするか?〉

ネズミ=ビーバーは首を横に振った。

テレキネシスでハッチ内部に探りをいれる。これまでもあちこちでやってきたことだ。今回もうまくいった。

一方の側からしか操作できない、ごく原始的な機構だ……当然、操作できるのは外からだが、グッキーにとってはなんの障害にもならない。構造を考え、ドアの向こうにだれもいないことを願う。

ドアが音もなく、スライドして開いた。

その向こうには通廊が左右にのびている。

グッキーはラスに合図して、すばやく前進した。人影はない。右からは騒音が聞こえ、左はしずかだった。

〈どっちに行く?〉ラスが無言でたずねた。

グッキーは左を指さした。〝頭〟のほうだ。いまいるのが胴体の中央部あたりだから、たっぷり五百メートルはあるだろう。

とりあえず危険はなさそうだった。外側マイクは生命体が近づいてくるような音をひろっていないから。空気は存在するが、測定値は安定せず、ヘルメットは閉じておいたほうがよさそうだ。

〈ずっと振動がつづいているが……あれはなんだ? エンジンか?〉

グッキーはかぶりを振った。振動にはもちろん気づいていたが、エンジンとは思えない。そもそも、艦は動いていなかった。むしろ、なんらかのジェネレーターと考えるべきだろう……転轍機にエネルギーを供給しているのだ。

そのジェネレーターを探すことをラスに提案。

〈プロジェクターがあるはずってことか？〉

グッキーはうなずいた。

なにごともなく五十メートルほど進むと、通廊が左右に分岐した。右から低いうなりが聞こえ、振動も強くなる。

グッキーは足をとめ、ヘルメット内に表示される測定値を見た。片手をあげ、ヘルメットを開こうとする。ラスはぞっとして、

〈よせ！〉

だが、グッキーはやめなかった。異人艦内の空気を大きく呼吸する。残骸とも《ミルキーウェイ》とも異なるにおいがしたが、悪くはなかった。すくなくとも、充分な酸素をふくんでいる。

三十秒ほど遅れて、グッキーにうながされ、ラスもそれにならった。

「もうしゃべってもだいじょうぶだろ。立ち聞きされたり、発見されたりする心配はなさそうだから。右に行ってみよう。プロジェクターはこっちにありそうだ」

「見つけたら、どうするつもりだ？」

「まず、見てみないと……」

数メートル進むと曲がり角があり、その先にハッチがあった。こんどはその横に開閉装置が見える。ラスがためらっていると、グッキーがいった。

「だれもいないと思うよ。すくなくとも、精神インパルスは強くなってない。陰鬱さは大きくなってるけど」

「陰鬱さ？」ラスは開閉装置に手をかけたまま、驚いてたずねた。

「そうさ！　まるで葬式みたいで、でも、ちょっと違うんだ」

ラスは奇妙な説明にかぶりを振り、注意しながらハッチを開けた。ごくゆっくりと隙間をひろげ、頭をつきだして反対側をうかがい、グッキーに合図する。

「ほんとうだ、だれもいない」

そこはひろいホールの入口だった。壁ぎわに未知素材の箱がならんでいる。部品かなにかがはいっているようだ。明らかに倉庫だった。ホールの反対側にはべつのドアがある。

足を進めようとしたとき、反対側のドアが開いて、だれかがはいってきた。

第一印象は、大昔の地球にいたという伝説の騎士だった。生身ではなく、鎧《よろい》をまとっているらしい。

両テレポーターは、まだドアが開ききる前から冷静に行動した。姿を見られないよう、近くの箱のかげに身をひそめる。ほとんど息をつめるようにして、身長がたっぷり二メートルはある異人を観察。

鎧は箱と同じく材質がはっきりしないが、さまざまな色にきらめいていた。有翼艦の外殻に似た部分も見える。セラミックのような層におおわれているが、目的は不明だ。

「なんだよ、これ!」と、グッキー。「まるで騎士映画だね……」

その異人は……グッキーはのちに〝サウパン人〟と命名するのだが……箱のひとつに近づき、ていねいに開梱して、なかを探った。

同時に精神インパルスが強くなる。

グッキーにも意味はつかめなかったが、やはり陰鬱な、絶望の感情が伝わってきた。インパルスはこれまでになく強く、ネズミ＝ビーバー自身の気分が沈みこんだほどだ。

有翼艦の乗員には、どんな秘密があるのだろう？

しばらくして、サウパン人は探しものを見つけたらしい。なにかちいさな物品を箱からとりだし、蓋を閉め、ドアの向こうに姿を消す。

ラスが息を吐きだした。

「あのソーセージがもつれあったみたいな鎧はなんなんだ？　絶縁体かなにかなのか？」

「転輸機のエネルギー放射から身を守ってるんじゃないかな……」

「それはまだ完成していない！」

「……プロジェクターは動いてるよ。それはすぐにわかるさ」

「まず、あの騎士たちに接触してみるべきじゃないか？」

「それはむずかしそうだけど、情報を得るには、いずれそうするしかなさそうだね。とにかくパラライザーを用意しといて」

グッキーは武器を持っていなかった。腰にさげた二個の爆弾で手いっぱいなのだ。凝縮口糧はラスが持っている。

ホールを横切り、べつの通廊に出る。通廊は右にのびていて、司令室があると思われる部分は、まだ三百メートルほど先のようだった。

「この振動に耐えられなくなりそうだ」ラスが文句をいった。「もう限界に近い。転輸機にエネルギーを充塡している、プロジェクターに関係あるんだろうか？」

「あると思うよ」グッキーがぼそりと答える。

すでにこれまでの経験から、近づいてくるサウパン人がいれば、精神インパルスの強さでわかるようになっていてもよかった。だが、どうやらすぐそばまでこないとわからないようだ。インパルスはつねに弱く……つねに陰鬱だった。

グッキーは異人と接触してみようという友の提案をなかばうけいれかけていたが、心の声はまだ早いと告げていた。いまは時間転輸機のほうが重要に思える。作動がはじまってしまえば、内部への潜入は失敗を運命づけられるのだから。

　やや強い精神インパルスを感じる。フェルマー・ロイドだった。

〈転輸機が先だ、グッキー！　チーフからの優先命令だ〉

「わかった、そうするよ」グッキーが返事をすると、ラスがとまどった顔でかれを見た。

「ひとりごとか？」

「命令に声で答えただけさ」ネズミ＝ビーバーは簡潔にそう説明し、フェルマーからの指示を伝えた。「転輸機を優先しろって。でも、プロジェクターのそばは通る。もうすぐそこだから」

　うなりは耐えられないほど強まったが、がまんできないほどではない。唯一の利点は、それがプロジェクターの位置を……つまり、艦内で転輸機にいちばん近い場所を……教えてくれることだった。

　長い道のりの途中で数回、サウパン人から身をかくさなくてはならなかった。サウパン人はいずれも、なかば眠っているかのようによろめき歩いていた。鎧があっていないのかもしれない。その鎧は、ふたつと同じものがなかった。からだの大きさもさまざまで、身長は一・五メートルから三メートルまで幅があった。

　もうひとつ、つねにくりかえされたことがある。グッキーが何度やっても、まともな思考を読みとれないのだ。

ラスはいきなり足をとめた。驚くべき考えが頭に浮かんだのだ。かれはグッキーをすみのほうにひっぱっていった。

「どうしたのさ？　近くにはだれもいないぜ！」

「鎧が艦の外殻と同じようにコーティングされてる理由を考えたことがあるか、ちび？　たぶん理由があるんだ」

「そりゃ、あるだろうさ」

「その理由は、エネルギー乱流からの防護か、時間転轍機が作動したさいに生じる、時間フィールドの影響の排除だろう」

「ぼくらは軽防護服しか身につけてない……ちぇっ！」グッキーはおもしろくなさそうだ。「でも、心配ないさ。転轍機が動きだしたら、すぐに姿を消すから。それまでは危険なんかない……と、思いたいね」

「じゃ、どうしてサウパン人はもう鎧を身につけているんだ？」

その理由はグッキーにもわからなかった。

以前よりもやや自信を失って、ふたりは未知の通廊を進みつづけた。

＊

その細長い空間は有翼艦の外殻のすぐ前にあり、未完成の時間転轍機に面していた。

わずかに湾曲した壁にそって、どことなく迫撃砲を思わせる、巨大な金属構築物がならんでいる。大きな〝砲口〟は壁面と融合していた。

〝迫撃砲〟は十一門あり、すべてラインで接続され、中央の一門がとりわけ大きい。この最大の〝迫撃砲〟に、未知エネルギーが注《そそ》ぎこまれているようだ。

サウパン人二十名ほどが不恰好な構築物のあいだを動きまわっている……メンテナンス要員だろう。動きは不器用で、鎧がからだにあっていない印象だった。

どんな任務に就いているのかは、その姿を観察するかぎり、謎のままだ。有翼艦を外側から見てはじめて、その結果がわかる。

中央の大型〝迫撃砲〟のところにだけは、船体にあいた穴があった。その穴とぴったり同じ太さで、半透明のビームが射出されている。まるで太いホースが転輸機に向かってのびているようだ。ビームは直進するわけではなく、微妙なカーブを描きながら、つねに同じ位置にあたりつづけている。

ほかの十三隻からも同じような〝ホース〟が、揺らめく未完成の時間転輸機に向かってのびていた。

エネルギーを供給しているのだ。

異人の任務はまもなく完了しそうだった。

＊

両テレポーターはハッチの前に立った。ラスが片手をあてると、ハッチが震えているのがわかった。

振動している！

鼓膜が破れるのを防ぐため、ヘルメットを閉じ、外側マイクの音量を絞る。それでも、これで難局を切りぬけられるという確信はなかった。

ラスは問うようにグッキーを見た。グッキーがうなずく。

ラスは慎重にドアをスライドさせた。からだが強くひっぱられる。真空に向かってドアを開けたときの強烈な風かと思ったが、計器を見ると、そんなことは起きていない。うなりが大きくなり、振動もはげしくなった。

わずかにできた隙間から、グッキーがちいさな頭をつきだす。音量を絞っているにもかかわらず、大瀑布に首をつっこんだような音が響いた。思ったとおり、そこにはプロジェクターが列をなしていた。

サウパン人の姿も見える。やはり思考内容はわからないが、精神インパルスも強くなった。

ドアのすぐ横に台座があり、そこに鉛色の大きなブロックが置いてあった。そのかげに身をかくせそうだ。グッキーはラスに合図し、サウパン人がドアのほうを見ていないのを確認して、電光のようにすばやくブロックのかげに飛びこんだ。

わずかに遅れて、ラスもあとにつづく。ただ、姿を見られないよう、しゃがみこまなくてはならなかった。同時に未知物質にしがみつく。ひっぱる力が強くなったのだ。

サウパン人の態度に変化はなく、侵入者には気づいていないようだ。ラスとグッキーはこの機会に、さまざまなサウパン人の違いを観察した。鎧はなかにそれぞれまったく別種の生命体がいるのかと思えるほどで……とにかく統一性がなかった。

グッキーは外側マイクの音量を最低までさげ、ラスにもそうするよう合図した。多少の危険はあるが、これならテレカムで会話ができる。

「あいつらのほんとうの姿が見てみたいんだ、ラス！」

「鎧を脱がさなくちゃならないぞ。あとにしないか？」

「わかってるって！　ジェネレーターが見える？」

「いま、つかまってるのがそれだろう。壁ぎわにならんでいるのがプロジェクターだ。そっちに向かってひっぱられるのを感じる。だが、通風口はどこにもない。なにかべつの力だ」

「エネルギー？」

「たぶんな。はっきりとはわからないが……」

身長二メートル半ほどの一サウパン人がキャビンを横切り、ジェネレーターに近づいた。前面に制御盤らしいものが見える。サウパン人はそれを操作し、プロジェクターの前にもどって、そちらにも操作をくわえた。

「引力が強くなった！」グッキーがヘルメット・テレカムごしに叫ぶ。いまは艦内のだれかに見つかることより、ブロックの表面にしがみつくことのほうが重要だった。「もうもたないよ。連中はなにも感じてないみたいなのに……」

「あの鎧とコーティングだ」ラスはジェネレーターのブロックの表面に手がかりを探したが、そんなものはなかった。「ここからはなれないと。艦の奥にもどるんだ！」

〈どうした？〉フェルマー・ロイドのかすかな思念がとどいた。

〈わかんない！　あとで！〉グッキーはそう答え、ラスに向かってこういった。「急いでジャンプするんだ！　どこでもいいから！」

有翼艦内のどこに実体化するかは、どうでもよかった。すぐにグッキーがテレパシーでラスを見つけだすだろう。場所を決めている余裕はなかった。エネルギー性の引力が、かれらをかくれ場からひきずりだそうとしている。

ラスとグッキーは同時にテレポーテーション。

ただ、それはいつもとは違っていた……

非実体化したのはほんの一瞬だったが、ほとんど計測できないほどの短時間でも、引力がかれらをとらえ、方向を百八十度、変化させるには充分だった。艦内に向かってジャンプしたはずの両テレポーターは、五次元空間で中央のプロジェクターに吸いこまれ、瞬時に吐きだされた。

＊

ラスとグッキーは半実体化し、苦痛の叫びを押し殺した。最初は宇宙空間に出現したと思った。濃い霧が渦巻いているが、急速に遠ざかる有翼艦の姿がぼんやりと見えたから。だが、やがて真実が明らかになる。

そこは艦から転輸機に流れこむ、エネルギー流のなかだった。

引力がからだをひきさこうとする。

グッキーはもう一度テレポーテーションして引力から逃れようとしたが、なにも起きなかった。ラスの手をつかんだが、実体感がない。まるで水をつかもうとするようだ。姿も不明瞭で、輪郭がぼんやりとわかるだけだった。

艦は遠ざかり、未完成の転輸機が近づいてくる。それがみるみる大きくなり、グッキーは強い衝撃を覚悟した。だが、すくなくともその点は杞憂《きゆう》に終わった。

ほとんどなんの抵抗もなく、両テレポーターは転輸機内部に滑りこみ、中央の分岐部分まで運ばれた。

同時に完全に実体化する。

落下しはじめるが、その速度はきわめて遅かった。転輸機内部は重力がちいさいようだ。周囲はぼんやりと明るいが、有翼艦も星々も見えなかった。転輸機の形態エネルギーが、すでにかたまりはじめているのだろう。

「聞こえるかい？」グッキーがたずねた。

「ああ、テレカムは機能してる」ラスがほっとしたように答える。「くそ、ここは転輸機のなかだ！」

「気がついてるよ。いっしょに到着したんだ。床はしっかりしてるみたいだね」

薄暗いなかでも、かれらの〝牢獄〟の境界は比較的はっきりしていた。すぐ目の前にあるのは、転輸機の分岐点だ。その部分の幅は十キロメートル近くあった。

着地の衝撃はなかったが、床は安定している。

「フェルマー！」グッキーが声に出して呼びかけたので、ラスにもわかった。

返答は驚くほど早かった。

〈ああ、聞こえている。なにがあった？　一分ほど、どこに行ったかわからなかったんだが〉

ネズミ＝ビーバーは手みじかに事情を説明し、どうすればいいかたずねた。ややあって、フェルマーから返事がある。

〈ペリーはまかせるといっている。爆弾をしかけ、信管を装塡して脱出してもかまわない〉

「でも、そうする気はないだろ、ラス？　フェルマーは爆弾をしかけて逃げだすべきだって思ってるけどさ」

ラスは首を横に振った。

「それでは転輸機の情報が得られない」

「そうゆうこと！　フェルマー、それじゃ転輸機のことがなにもわかんないよ。まず、なかをよく見てみる。接触が切れないようにしてくれよ」

〈了解した！〉

グッキーは周囲を見まわした。

「どっちかの〝腕〟を選ぶしかないね。転輸機が作動を開始したら、腕の先端から時間塵を吸いこむわけだろ？　飛翔装置が動いてくれるといいんだけど。この状況でテレポーテーションするのは、危険すぎる」

やってみると、飛翔装置は作動した。

右に分岐する腕を選び、とりあえず飛翔装置は使わずに、移動を開始する。

「アルキストの転輸機の内部は真っ暗だった」と、ラス。「光っていたのはエネルギーらせんだけで。ここはまったく違っている」

「未完成でよかったってことさ」

ちらつく光は壁がはなっているように見える。最終的な厚みに、まだ達していないのだろう。空洞は今後、もっとせまくなっていくはずだ。いまはまだ……分岐した先の部分で……幅六キロメートル、高さも二キロメートル以上ある。

重力はちいさく、前進は容易だった。

右側の壁はちらつく光をはなち、注入されるエネルギーに応じて光が明滅している。サウパン人は侵入者に気づいているのだろうか、と、ラスは思った。もしそうなら、なんらかの対抗処置をとるかもしれない。

「そうは思わないな」かれの考えを読んで、グッキーがいった。「転轍機はまだ完成してない。一日か二日の余裕はあるさ」

「そのころまでには、安全を確保できるといいが」ラスが希望的観測を述べる。

「どうかな」グッキーは確信がないようだった。「それはテレポーテーションができるようになるかどうかで決まると思うけど。とにかく、爆弾を起爆するのは、ぶじに〝屑鉄の山〟にもどってからだね。ああ、あのがらくたのなかの小部屋が恋しいや……」

ラスがいきなり足をとめた。考えこみ、ヘルメット・クロノメーターに目を向ける。

「どうかした？」と、グッキー。

「アルキストの時間転轍機のなかでは、時間遅延が生じたんだ。ここでもそうなんじゃないか？　クロノメーターは正常に動いているが、それではなにもわからない。われわれがここにジャンプしてから、半時間が過ぎている。フェルマーに経過時間を確認してみてくれないか？」

フェルマーによると、有翼艦からの強制的な移動から、二十九分が過ぎているという。時差はないことになる。

安堵して、前進を再開。退屈なので……というと、この状況にはそぐわないが……すこしだけ飛翔装置も使った。巨大なY字の右上端まで五百メートルくらいのところで、ふたたび停止する。

「気にならないか？」ラスが緊張した顔で前方を見つめる。「あの光……」

ただの光ではなかった。

ゆっくりとさらに前進すると、不規則にとぎれたY字の右上端が見えてきた。ぼやけて不明瞭だが、それでもわかったことがある。開口部はほぼ長方形で、転轍機内部の弱い光が、そこから暗黒の宇宙空間に漏れだしている。

「残骸で転轍機に接近したとき、あんな光は見えなかった」ラスが不安そうにいう。

「なんだと思う？」

「これは推測なんだけど」グッキーは確答を避けた。「転轍機が完成してないのはたしかだと思う。それでもサウパン人は、あとで時間塵を集めるために、異次元だか未来だかの世界に接続しようとしてるんじゃないかな。ありえない話じゃないだろ？」

「完成したとき、すぐに時間塵を集められるようにってことか？　ふむ、ありえるな。もっと近づいてみよう」

複雑な気分で、ラスとグッキーはさらに前進した。

どちらもそれぞれに、同じようなことを考えている。Y字の上端の腕二本は、時間塵を吸いこむだけだとわかっている。そこから宇宙空間にほうりだされるとは考えにくいので、危険はないはずだ。いずれにせよ、Y字の下端にいるよりもいいだろう。

だが、と、ラスとグッキーはさらに考えた。宇宙の闇のなかにのびているあの奇妙な光の橋の先には、いずれそこから時間塵を集める、未知世界が存在するはず……

「じつに興味深い経験ができそうだ」ネズミ＝ビーバーの考えを推測して、ラスがいった。「たとえ転轍機の破壊がうまくいかなかったとしても」

グッキーはなんともいえない目つきでかれを見た。

「うまくいくって、ラス。自分を信じろよ！　でも、正直、興味があるのはぼくも同じだけどね。問題は、ぼくらの推測があってるかどうかってことさ。あの〝光の橋〟を目印にテレポーテーションする……そういうことだろ？」

一光年以上はなれたところから、フェルマー・ロイドが呼びかけてきた。

〈むちゃはやめろ！　ペリーの命令だ！〉

グッキーは息をつまらせかけた。

「わかったよ、フェルマー！　でもさ、重大な問題の解決を目の前にしてるんだぜ？　時間塵の出どころについて、ジェフリーといいあらそってたのはペリーだろ？　未来からきたのか、べつの連続体からきたのか……そんなことでさ。その決定的な答えがわかるかもしれないんだ」

〈むちゃはするな！〉フェルマーは譲らない。

「だめなのか？」ラスも事情を察したようだった。

〈未来か別次元に飛ばされたら、もどれるかどうかわからないぞ〉

グッキーはフェルマーのテレパシーの内容を声に出してラスに伝え、かれが話にくわわれるようにした。通信状態は良好だ。

「光の橋があるかぎり、帰り道は確保されてるってことだろ」グッキーが指摘する。「それがだめでも、数日待てば転輸機が動きだすから、自動的にこっちに連れもどされるはずさ」

この意見にはだれも反論できなかった。ローダンさえもだ。長い沈黙があった。グッキーははげしく議論するローダンとワリンジャーの思考の断片をとらえることができたが、フェルマーの精神インパルスのほうが強かった。それがふたりのインパルスをかきけしてしまい、議論の中身まではわからない。

「いいあらそってるよ」と、ラスに説明。「ジェフリーは許容できるリスクだと思ってるけど、ペリーは不安が強いみたいだ。待つしかないね。そのあいだに、もうすこしだけ近づいてみよう」

周囲の変化に注意しながらゆっくりと足を進める。だが、なにも起きなかった。外に向かう光の橋の先端の黒い長方形は、橋がのびるとともにちいさくなっていく。

分岐から百メートルのところで、ふたたび足をとめた。

そこにフェルマーから連絡がある。

〈制限つきで許可が出た。テレポーテーションして短時間だけとどまり、もどって報告しろとのことだ〉

「短時間て、どのくらいさ?」グッキーが皮肉っぽくたずねる。

〈できるだけ短時間だ! 連絡は絶やすな! ぜったいにだ!〉

「わかったよ!」グッキーは答え、ラスにうなずきかけた。「これから前進する。連絡がとだえても、心配はいらない。心はつねにあんたたちといっしょさ」

フェルマーはなにも答えなかった。

「行こう!」ラスがいい、一歩踏みだす。

グッキーは無言であとにつづきながら、ちょっとやりすぎたのではないかと思った。

この先どんなリスクがあるかは、まったく予想がつかない。ひと言いってやりたい衝動に負けただけだということが、徐々にはっきりしてきた。その報いをうけているのだ。

フェルマーに考えを読まれていてもかまわなかった。もうあともどりはできない。それはラスも同様だ。

光の橋の始点は転轍機の末端だった。以前ほどほつれているようには見えない。それどころか、輪郭が明確になっている。光の橋がどこから必要なエネルギーを得ているのかは、依然、謎のままだ。まるで虚無から出現し、外に向かって宇宙の虚無のなかに消えていくように見える。

ラスは無言で、見たところ関心なさそうに、かすかに輝く光の橋を見つめていた。だが、その考えを読んだグッキーは、あらためて精神が高ぶるのを感じた。

「ね、ラス、べつの転轍機で起きたことばかり考えてるじゃないか！　これは違う……無害なんだ。飛びから雷も、時間現象も、エネルギーの攪乱《かくらん》も、乱流もない……なにもかも平常で、のんびりしたもんさ。なにをぐずぐずしてるわけ？」

自分でも誇張しすぎだと思ったし、いわないほうがいいと思いながら、意思に反して口にしたのもたしかだ。あとにひけなくなっている。

〈聞くんだ、グッキー……〉

〈いんや、聞かないよ！〉ネズミ＝ビーバーは思考だけでそう答えた。〈チーフの承認

は出てるんだ、やってやるさ！　連絡はたもつけど、もう口をはさまないでよ、フェルマー！〉

自分でも不作法な口調に驚いたが、友のフェルマーには本気だとわかるだろう。以後、《ミルキーウェイ》からの反応はなくなった。

グッキーはラスの右手をつかんだ。

「はなれるなよ、ラス！　なにがあっても、ぜったいに手をはなさないようにするんだ。手を握ったら一秒待って、ジャンプだ！」

ラスは無言でうなずき、光の橋がはじまる場所に意識を集中した。わたったらもどれない橋に思えるが、とまって考えこんでいても意味はない。決められた合図を待つ……

グッキーが手を握った。

一秒が永遠に思える……

そして……

脳内のテレポーテーション能力をつかさどる部分は、問題なく機能した。肉体が非実体化し、光の橋のほうに移動する。そのとき、信じられない、ありえない……かつてない事態が生じた。

両テレポーターに相手の姿は見えないが、かたく握りあった手は感じることができた。宇宙と星々が見え、光の橋も見える。その上をすさまじい速度で滑っていく。

非実体化しているのに、実体が存在するのだ。

一光年が一光秒のように感じられた。星座が飛びさって既知宇宙のなかに沈み、行く手には新しい宇宙があらわれる。

ラスとグッキーはそこに向かって突進した……

3

グッキーとのテレパシーの接触がいきなりとぎれても、フェルマー・ロイドは驚かなかった。はじめからわかっていたことだ。べつの時空連続体とのあいだで、連絡をとりつづけることはできない。

ペリー・ローダンの問うような視線に気づく。ジェフリー・アベル・ワリンジャーとレジナルド・ブルもかれを見つめていた。

「とめることはできませんでした。どこに、あるいはいつに移動したのか、まったくわかりません……時間転轍機のなかにいないのはたしかですが。どう思います、ジェフリー？　転轍機からのびている光の橋は、いったいなんなんでしょう？」

ワリンジャーはローダンにちらりと視線を向け、ためらいがちに答えた。

「アルキストでも同じようなものが観察されている。向こうの転轍機は作動していた点が異なるが、ここのもまもなく作動しはじめるはず。たぶん、これは試運転だろう……なんともいえないが。ほぼ確実なのは、光の橋が多次元性の牽引ビームだということだ。

それが転輸機と、時間塵の採取場所を結んでいる。たのむから、それがどこなのか、とは訊かないでくれ」

「あるいは、いつなのか！」と、ローダン。時間塵は未来からきたという持論に、まだ確信を持っている。

「それもです」ワリンジャーは譲歩した。「いずれにせよ、いろいろなことがわかるでしょう……ラスとグッキーがもどってくれば」

ワリンジャーは〝くれば〟の部分をとくに強調しなかったが、《ミルキーウェイ》の司令室に集まった面々は、科学者の不安を感じとった。

「よけいな心配は無用だろう」だれもなにもいわないので、ブリーが口を開いた。「グッキーとラスはこれまでも、われわれには理解できないような冒険をくぐりぬけてきている。ただ、もうすこししたら、もっと転輸機に接近してみてはどうかな。すくなくとも光学機器で観測できるあたりまで」

「それはわたしも考えていた」ローダンがいい、船長に顔を向けた。「どう思う、マージ？　転輸機までどのくらいの距離なら、探知されずにすむ？」

マージ・ヴァン・シャイクはコンピュータにいくつかデータを入力した。

「ヴェガを背にしているので、かなり近づけそうです。一光月なら、探知されずにかなり細かいところまで見えると思います」

ローダンはうなずいた。

「よし。それでいこう」

フェルマーが二時間ほど仮眠するあいだに、船は転輸機に接近、その姿がスクリーンにはっきりとうつしだされた。前に見たときよりも輪郭がはっきりして、ぼやけた印象がなくなっている。ぎざぎざしていた部分も、やすりでもかけたように滑らかになっていた。十四隻の有翼艦につながったホースのようなものは、まだそのままだ。

全体的な外観の変化はなかった。

マージは当直を交替し、ローダンといっしょに司令室を出ていった。ワリンジャーとブリーはあとにのこる。キャビンへの道すがら、マージがたずねた。

「実際のところ、どう思っているんです、ペリー？　両テレポーターはなにか発見できるでしょうか？　任務のために、命を危険にさらしているのでは？　異次元や異宇宙のことは、いくら知ろうとしても、まだほとんどわかっていません。時間転輸機は恐るべき代物ですし……」

「リスクを冒してでも調査する必要があるのは、まさにそれが理由なのだ。それに……きみも聞いていただろう。グッキーをとめることはできない」

「あなたが命令すれば……」

「いや、マージ！　グッキーとラスがテレポーテーションしなければ、数時間から数日のうちに転輸機が作動を開始したとき、なんの情報もないことになる。きのうの時点、きょうの時点でわかったことを知っているだけだ。だが、わたしの命令を無視してジャンプしたら、それもまた問題になる。だから最終決定は本人たちにまかせた……わたしとしてもつらいのだ」

マージは足をとめた。

「わたしはキャビンで二時間ほど仮眠します。あなたもすこし休んでください」

「あとで会おう」ローダンはそういい、マージと別れた。

司令室ではブリーがワリンジャーを質問責めにしていた。

「異次元だ、異宇宙だというが……前にもあったことだ。今回のは違うのか？」

「たぶん。まだわかりません。転輸機は時間塵を並行宇宙から持ってきているのかもしれない。奇妙なのは、時間塵が一定時間後に消えてしまうことです。まるで、もとの場所にもどっていくかのように」

「科学的に説明がつかないのか？」

ワリンジャーは嘆息した。

「いいですか、ブリー、説明がつくなら説明していますよ。自分の心をおちつかせるためだけにでも。憶測や仮説ならありますが、いまはグッキーとラスの報告を待ちましょう。それを聞いてからでないと、なにもできません」

ブリーもため息をつき、スクリーンに目をもどした。

映像にはなんの変化もなかった。

＊

ラス・ツバイとグッキーは判然としない速度で、色とりどりの海のなかを滑りおちていた。現実感はまったくない。両テレポーターははなれればなれにならないよう、しっかりと手を握りあっていた。グッキーが横目で見ると、驚いたことに、ラスの姿が徐々に実体化してきている。

「聞こえるかい、ラス？」

「ああ、もちろん。ここはどこだろう？」

「もっとかんたんなことを質問してよ」ネズミ＝ビーバーは周囲に注意を向けたが、なにもわからない。「色が薄くなってきてるみたいだ。前方には恒星がある。うん、ぼくら、恒星に突入しようとしてる……」

「後方にテレポーテーションするんだ！　急いで！」ラスがあわてて叫んだ。

すばやく意識を集中し、同時にジャンプ……

……するはずが、なにも起きない。

非実体化することなく、落下しつづける。ただ、コースはすこし変化した。黄色い恒星のそばをかすめ、あらたに前方に出現した一惑星に向かう。

「まさか……こんなのありえない！」グッキーは驚いて息をのみ、つぶやいた。

ラスは驚きを克服するのに、もうすこし時間を要した。ネズミ＝ビーバーの手をつかんだまま、急速に大きくなる惑星との衝突を避けようと、飛翔装置を操作する。

「ありえようが、ありえまいが……あれは地球だ！」

大気圏上層に突入する前にふたたび宇宙空間に舞いあがり、惑星表面をできるだけ観察する。大陸のかたちはまちがいなく地球のものだが、それ以外はすべてが違っていた。

「〝ぼくらの〟地球じゃない！」グッキーの甲高《かんだか》い声にパニックがにじむ。「精神インパルスがなくて、住人がいなくて、文明の痕跡もない！　死んだ地球だ！」

「未来にきたんだろうか？」

「いんや、それにしちゃ、太陽に変化がない。時間塵は六十万年後のものだってペリーがいってた。これは同時代の地球……ぼくらの時代の地球のひとつだ」

「地球の〝ひとつ〟？　どういう意味だ？」眼下に惑星を見ながら、ラスがたずねる。

グッキーは直接答えず、前方を見すえて、速度があがっていることを確認した。光速をこえ、ふたたび色とりどりの世界にもどっている。光の橋が白くちらつく曲線となって、無限の彼方へと消えているのが見えた。

「並行世界さ、ラス！　並行宇宙に存在する地球で、そこでは生命体が〝ぼくらの〟地球とは違う道筋をたどったんだ！　あるいは、生命が進化できなかったのかもね」

「だが、どうして地球なんだ？　惑星は何億、何十億とある！　偶然なのか？」

「そんなわけないだろ。ぼくらと地球の精神的・物理的な関係があって、それがほんの一瞬、ぼくらを光の橋につなぎとめてる力より強くなったんだ。こいつは信じられない体験だぜ、ラス。でも、もっと信じられないことが目の前に迫ってるんだろうな……」

「どれくらい時間がたった？」

「たぶん、ゼロだね」ネズミ＝ビーバーは周囲に渦巻く色彩のパターンをなんとか解析しようとしたが、できなかった。「でも、永遠の時間がたったみたいな気もする」

光の橋はかれらを手ばなそうとしない。テレポーテーション能力は失われているようで、何度かやってみたものの、一度も成功しなかった。もう帰れないのではないかという恐怖が徐々に大きくなるのを、ふたりは懸命におさえこんだ。

「色が薄くなってきている」どのくらいの時間が経過したのかわからないが、しばらくしてラスがいった。

たしかにそのとおりだった。色あいが薄くなっているが、視界が開けるわけではない。逆に、濃い霧につつまれたように、光の橋の輪郭がぼやけていく。気体かと思わせる霧だが、ヘルメットの計器表示によるとここは完全に真空だ。光の霧のようなものなのかもしれない。

そのとき、目の前に……一瞬のうちに……障害物が出現した。

惑星の地表だ！

＊

未知の虚無から投げだされたときのありえない速度は、減速をいっさい感じさせずに、瞬時に最低速度に落ちていたらしい。狂ったような落下が柔らかな浮遊になり、両テレポーターはゆっくりと異世界に近づいた。

だが、なんという世界なのか？

大きさは地球の半分程度だが、海もなければ大陸もない。人類が入植する前の火星を、すこし連想させるところがあった。表面は風化したクレーターにおおわれ、そのあいだに長くのびた山地が連なっている。地表は不毛で、植物の痕跡さえなかった。

両テレポーターは、この招かれざる世界に着くまでに、多少ともあたりを観察していた。

そこは光の橋の終点だった。明るいグレイにちらつく光がはっきりと見える。直径五キロメートルほどのかすかに光る円があり、落下中にコースが変わらなければ、その円の中心に着地するだろう。

「大気はあるな」見たところ、岩がちの地表までまだ二、三百メートルあるあたりで、ラスはそうつぶやいた。

そのあと着地すると、足が地面に二十センチメートル近くめりこんだ。

旅は……当面は……終わったらしい。

これで地面をくわしく調べられる。それも任務のひとつだ。いずれ地球を襲うはずの時間塵の性質を、確認しておくことが。

「軽石だ！」手早く調査して、ラスが結論を出す。

「火山灰も大量にあるね。あのクレーターは、火山でできたものだってこと？」

「可能性はあるな」ラスは足首まで埋まる火山灰のなかを歩き、たいらな岩に腰をおろした。「風も感じるだろう？　火山灰が吹きあげられないのが不思議だな」

グッキーは苦労して火山灰のなかを進み、同じく岩に腰をおろした。

「ほんものの風じゃないんだ」と、謎めいたことをいう。「時間風だよ」

ラスは首を横に振った。

「なにをいうかと思えば！　時間風だと！　それでも灰は吹きあげられるはず。観測し、感じることができるんだから。何百万年もかけて岩を風化させてきたわけだし。それとも、ここに雨が降るとでも思うのか？」

グッキーは自分の推測が間違っていないという確信を強めていた。着陸したこの世界は、現実の存在ではない。

「今後の行動を考えないとな」ラスの言葉がグッキーの物思いを破った。

「光の橋の影響範囲内にいるかぎり、テレポーテーションは使えない。通常の方法では、転輸機にもどれないということ。べつの方法を考える必要がある」

ネズミ＝ビーバーは、この不毛な惑星に永久に閉じこめられることを心配してはいなかった。

「時間塵を使うのはどうだい？」そういって、周囲を手でしめす。「これといっしょにってことだけど」

ラスは目をまるくしたが、やがてその顔に笑みが浮かんだ。

「なるほど、そういう意味か。時間転輸機が動きだすのを待っていれば……」

「転輸機に吸いこまれるってこと。実際に作動させる前には、一、二回の試運転をすると思うんだ。アルキストのはどうだった、ラス？　時間塵を一回の動作で撃ちだしてた？　それとも、いったん転輸機内部にためて、それを発射してた？」

ラスはすこし考えこんだ。

「あのときは、しばらく転輸機内部にためていたようだった。それが通常動作なのかどうかは不明だが」

「それで充分さ」グッキーはベルトを軽くたたいた。「最初にぼくら、次に爆弾だ」

ラスはため息をついた。

「いいだろう。でも、相手がおまえさんの予想どおりに動くとはかぎらないぞ。それに、転轍機がいつ完成するのかもはっきりしない。ここで一週間も待たされることになる可能性もあるんだ」

「悲観的だなあ」グッキーはそういったが、内心では似たような心配をしていた。「いずれにしても、爆弾はしかけなくちゃならないんだ。信管を装塡して！」

「人工精神インパルスを感じとれるようにか？」

「まさにそのためさ！　あとで爆弾の場所に近づけるかどうか、わからない。ぼくがテレキネシスで起爆しなけりゃ、爆発はしないけど。とにかく、急いで穴を掘ろうぜ」

＊

すわっていたたいらな岩のうしろは、とりわけ火山灰が深かった。一メートルほどの穴は手だけで掘れたが、その下は岩屑層だった。ラスはブラスターをとりだした。光の橋の明るいグレイの光が物質をひきよせると、光が弱くなるらしい。ここからラスはひとつの仮説を導き、それはのちに正しいことが証明された。

「たぶん時間転轍機は、物質をいっきに吸収するんじゃなく、すこしずつためこむんだろう。あとでまた、ここに直径五キロメートルのクレーターができるはずだ。爆弾は充分に深く埋めておかないと。二度めか三度めの採取で、転轍機に運ばれるように。それでこっちには時間ができる」

「やれやれ、若いの！」グッキーがなかばおもしろがるようにいう。「こんなに漠然とした推測だけで行動したことなんか、いままでなかったぜ」穴を指さす。「深さはこのくらいでいいだろ。三メートルはある。一回で光の橋に持っていかれることはないさ」

ベルトから慎重に爆弾をとる。

爆弾は起爆すると五次元性エネルギーを解放し、四次元空間に存在する物質をその連続体から消しさって、消火不能な核の炎をつくりだす。これは本来、原子番号が十をこえる元素について起きるのだが、ワリンジャーは特殊ポジトロニクスの助けを借り、ふたつの爆弾を使って、原子番号十以下の物質も消しさるよう調整していた。

すなわち、時間転轍機は完全に消滅することになる。

爆弾が内部で爆発すれば。

グッキーが爆弾に信管を装塡し、穴の底に置く。そのあとラスとふたりで一メートルほど火山灰を投げこみ、穴を埋めた。あとの二メートルは岩屑で埋め、その上にさらに小山を築いた。まるで墓のようだ。

からだを動かして暑くなったラスは、もう一度計器を確認した。

「ヘルメットを開いてもいいんじゃないか。気温はやや涼しいくらいだし、大気は呼吸可能だ。恒星がどこにも見あたらないのに、なぜそうなのかは謎だが。そもそも、光はどこからきてるんだ？」

空は一様に霧がかかったようなグレイだ。そこに光の橋だけがわずかに変化をつけている。橋は巨大な柱のように垂直に天空にそびえ、明るく輝いていた。

グッキーはヘルメットをはずし、いつでも手早く再装着できるよう、宇宙服にとりつけた。

「喉が渇いたし、おなかもすいたな」と、同じようにしているラスに声をかける。「凝縮口糧を出してよ」

＊

《ミルキーウェイ》では待機が苦痛になりはじめていた。

両テレポーターの消失から二十四時間が経過している。フェルマー・ロイドはテレパシーで連絡をとろうと何度も呼びかけたが、応答はなかった。

三月七日朝、時間転轍機は完成したようだった。有翼艦と転轍機をつなぐエネルギー・ホースがまず一本消滅し、のこりもそれにつづいて、すべてが消滅。ただ、それ以上のことは起きなかった。

マージ・ヴァン・シャイク船長の提案で、ローダンはLFT艦とハンザの武装コグ船を数隻ずつ呼びよせ、ヴェガ星系外縁に待機させていた。有翼艦が《ミルキーウェイ》を発見しても、攻撃してくる可能性はきわめて低いが、それでも示威行動の用意はあったほうがいい、と、考えたから。両テレポーターが帰還するさい、助力が必要になることもありえる。

異人の艦隊は隊形を変化させていた。

Y字の上ふたつと下ひとつの先端部分を避け、横方向に移動していく。上ふたつの開口部からのびだしてひとつに融合している光の橋は、まだ存在していた。その光は前よりも強く、明滅はなくなっている。アルキストの転輸機に見られた電光やエネルギー乱流は、こちらには見られなかった。ワリンジャーは時間現象も起きないはずと予想した。

「この転輸機は、細かい点がわれわれの知っているものとは異なっています」ローダンに質問されて、ワリンジャーは説明を試みた。「もちろん、それがわれわれにとって利点になるのかどうかは、まだわかりません。心配なのは、両テレポーターがまだ帰還していないという事実です」

「テレポーテーションが一方向にしか働かないのかもしれない」そういったローダンは、自分が正鵠《せいこく》を射たことを、まだ知らなかった。「だとしたら、転輸機が作動するまで待つしかない。たぶんラスとグッキーも同じように考えるだろう」

「そうだといいんですが、ペリー。いずれにせよ……われわれにできることはありません」

マージが司令室にはいってきた。顔が紅潮している。懸命に自制しようとしたらしいが、言葉をおさえることはできなかった。

「だからいったのに！　転輸機と有翼艦を《ミルキーウェイ》で攻撃し、破壊すべきだったんです。それなのに、平和主義者のペリーは耳を貸さず……」

「口をつつしめ、マージ！」ローダンは相手の言葉をさえぎった。「くわしく説明したから、理由はわかっているはず。きみも同意したことだ！　ラスとグッキーは帰ってくると、わたしは確信している。そのときは、決定的に重要な情報を携えてくるだろう。自制するんだ、マージ！」

〝将軍〟はなにか口のなかでつぶやいたが、ローダンのいうとおりにした。苦虫を嚙みつぶしたような顔で、いつになく足早に司令室から出ていく。

「それで、待つことしかできないのか？」ローダンはワリンジャーとの会話を再開した。

「ほかに選択肢は？」

「ありません……すくなくとも、フェルマーが連絡に成功するまでは」

4

数時間が経過した。光の柱に変化はない。色も大きさもずっと同じままだ。

ラス・ツバイとグッキーは明るいグレイに輝く円の中心から、二キロメートル半だけ外周部まで前進した。岩屑のせいでかんたんではなかったが、しかたがない。テレポーテーションばかりか、飛翔装置も機能しないから。

円の外周部に立つと、〝ふつう〟の地表のほうは薄暗く、その違いは明らかだった。

「円の内側で待ってて、ラス。ためしたいことがあるから」

「なにをする気だ？」

「円の外に出るだけだよ」

「その瞬間に転轍機が動きだしたらどうする？」ラスは反対した。

「そんときは、すぐにもどってくるさ」

それ以上の議論を封じるように、ネズミ＝ビーバーは光と薄闇の境界を踏みこえ、十メートルほど歩いて、振りかえった。

「ほら、なにも起きないだろ？　これから短いテレポーテーションをためしてみる……そこの岩まで……」

ラスは不安をおさえてグッキーを見守った。不気味な薄闇のなかに、その姿がぼんやり見えている。そのとき、グッキーの姿が消え、同時に指定した岩のそばに出現。すぐに飛翔装置も機能が回復した。

「どうだい、ラス？　こっち側は、いってみれば、完全に正常なんだ。だからってなんの役にもたたないけどね。妙に聞こえるかもしんないけど、ぼくらを救えるのは光の橋と、時間転轍機だけなのさ」

「ああ、よくわかった。いいからもどってこい！」

グッキーはラスをじらすようにゆっくりと、ふたたび境界をこえた。背後の薄闇を指さす。

「あっちはどうってことないんだ。時間塵の積みこみがはじまったら、そこから光の橋にテレポーテーションだって……」

「いいかげんにしろ！」と、ラスが警告。「わたしからはなれるな。いっしょに円の中心にもどるんだ。たぶんそこが、いちばん引力が強くなる。外周部より強いのはたしかだろう。転轍機に運ばれる最初の層にいなくちゃならないんだ。ぐずぐずしてる時間はない」

「わかったよ、ラス」グッキーがなだめるようにいう。「ぼくのことはわかってんだろ。自力でなにもできない状況になると、なにかで気をそらさないといられなくなるんだ。たとえそのせいで、危険が大きくなってもね。わかるかい？」

「いいや！」ラスはそういって、歩きだした。

ネズミ＝ビーバーが無言であとにしたがう。爆弾二個の人工精神インパルスは受信できていた。それにより位置を特定し、起爆させることができる。一瞬、起爆のインパルスを送るのに問題はないだろうかという思いが頭をかすめた。

三メートルの深さに埋めた爆弾に近い柔らかな火山灰の上に、ふたりはゆったりと腰をおろした。数時間、仮眠するのもいいだろう。

「ヘルメットは閉じておいたほうがいい」岩によりかかったラスがいった。「眠っているあいだに転輸機が動きだしたら……不愉快なことになる」

「ときどき、すごくいいことをいうね」グッキーの声には賞讃の響きがあった。

ヘルメットを閉じ、テレカムのスイッチをいれると、巨大なハリネズミのようにまるくなる。

ラスもそれにならった。

＊

《ミルキーウェイ》司令室ではいらだちがつのっていた。マージ・ヴァン・シャイクはかたい表情で黙りこんでいる。

ペリー・ローダンはこの作戦の実行を後悔しはじめていた。とりわけ、最終決断をラスとグッキーにゆだねたことを。かれらが死んだら、それはローダンの責任だ。〝将軍〟が正しかったのかもしれない。べつの方法を考えるべきだったのではないか。もう手遅れだが。

レジナルド・ブルの頭にあるのは、両テレポーターの安否だけだった。かれらの帰還を待ちつづけて三日め、ブリーのなかで、希望はほぼゼロにさがっていた。時間転轍機は作動準備ができているようだが、ラスとグッキーのシュプールはなにもない。まだ十四隻の有翼艦を攻撃し、アルコン爆弾で転轍機を破壊するという選択肢はあるものの、それは両テレポーターの帰還の道を完全に閉ざしてしまうことを意味していた。それ以外にできるのは、いまやっていること……待つことだけだ。

ジェフリー・アベル・ワリンジャーは〝計算センター〟と呼ばれる一キャビンにひきこもり、コンピュータのデータを統合して、その分析に余念がなかった。かれにとって、現状が時間転轍機のことをもっとよく知ろうとした結果であるのは、明白な事実だ……それは必要なことだった。ただちに破壊しても意味はない。だが、状況は変わりはじめている。

フェルマー・ロイドはもう長いこと眠っていなかった。グッキーの思考インパルスを逃すのを恐れて、寝台に横になり、目ざめたまま待ちつづけている。かれもまた、両テレポーターが帰還しなかったらなにが起きるかを考え、だれの責任も問うことはできないと思っていた……最終決断をしたネズミ＝ビーバーの責任もだ。

＊

ローダンは船長からそうはなれていないシートに腰をおろし、じっとスクリーンを見つめていた。そのあいだも全力で解決策を模索している。未知空間との唯一の通廊である光の橋は、ごくわずかずつだが、光を強めていた。有翼艦十四隻はY字の左右に移動して、三つの開口部の正面を避けているようだ。

ローダンはようやく妥協策を見いだした。

「マージ……？」

船長はほとんど首を動かしもしなかった。

「はい？」

「ヴェガ星系の外縁で待機している艦隊を、もっと接近させろ。当然、異人は気づくだろうが、直接攻撃の意図がないことも伝わるはず。艦隊を見た異人は、転輸機の作動を早めるかもしれない。そうすれば解決が近づく」

マージは同意してうなずいた。

「いい考えです……手はじめとしては」「では、連絡してくれ」ローダンはスクリーンに目をもどした。「これでなにが起きるか……」

その場にいたブリーはなにもいわず、通信センターに連絡を指示する船長を見つめていた。通信士が二光年はなれたポジションにいる艦隊に連絡をとる。ヴァン・シャイクの指示は簡潔で正確だ……かれは水を得た魚のようだった。

「ミスを重ねることにならないといいんですが」無気力状態を脱したブリーがいった。

ローダンがかれを見る。

「ここまできたらもう、なにをしてもミスにはならない」

ブリーはうなずいて、また自分の殻に閉じこもった。

「艦隊がスタートしました」と、ヴァン・シャイクが報告。「以後は転輸機と有翼艦隊から目がはなせません。攻撃されたらどう対応しますか？」

ローダンはその質問を聞き、驚いたように船長に目を向けた。

「すこしだけ後退する。だが、攻撃されることはないだろう、マージ」強調するように、つけくわえる。「こちらから攻撃することもだ！　先制攻撃はぜったいに禁止する！」

しばらくすると艦隊司令官から、指定の座標に到着し、待機中との報告がはいった。

マージがこれを確認する。

Y字の上の両端の光が強くなってきた。最初の強烈な電光がひらめき、ローダンは思わずたじろいだ。一瞬、光の橋が裂けたように見えたが、目の錯覚だったかもしれない。

時間転輸機が作動を開始したのは疑いなかった。

ワリンジャーが司令室に飛びこんできた。

「はじまりました!」その口調はまるでよろこんでいるようにも聞こえた。「橋が時間塵を吸いあげていますが、射出はまだです。予想どおり、試運転でしょう。エネルギー乱流は観測されたか、マージ?」

船長が計器をチェックする。

「いまのところ、ほとんどありません」

スクリーン上には光の橋の強い輝きが見えた。転輸機が発する電光はそれほど多くない。吸いこまれた時間塵はまだ見えなかった。まず内部に実体化しているのだろう。

報告をうけたフェルマー・ロイドが、二分後に司令室に姿を見せた。

「遅くなってすみません。グッキーとラスの思考インパルスに集中していたため、気づくのが遅れました。なにがあったんですか?」

「きたか」ローダンはそういっただけだった。

時間転輸機が、それとわからない程度に明滅しはじめた。ワリンジャーはそれを、内部に最初の時間塵が実体化したことをしめす徴候と解釈した。問題は、いつそれを射出するかだ……それと、どこに向けて。

「まだ反応はないのか、フェルマー？」と、ローダン。

「残念ながら」

時間転轍機は半時間ほど作動したあと、いきなり停止した。数秒後には再作動し、《ミルキーウェイ》の面々が恐れていたことがはじまった。

時間塵を射出しはじめたのだ。

そのようすはスクリーン上で仔細に観察できた。Y字の下端がいきなり輝きだし、まるでそこにあらたな光の橋が生じたかのようだ。そこから岩や土砂《どしゃ》が放出され、瞬時に非実体化する。射出方向も確定できた。

「標的は地球ではありません」すばやく計算を終えたワリンジャーがいった。「射出方向の百光年以内には、惑星は存在しません。虚無に向かって撃ちだしています」

「やはり試射だな」と、ローダン。

「まだ待つつもりですか、ペリー？」マージが率直に主張する。「ラスとグッキーがまだ生きていて、転轍機内部にいるなら、とっくに連絡してきているはず。フェルマーがインパルスを感じましたか？　なにも感じていない！　すでに有効な攻撃をかけるのは手遅れかもしれません。転轍機は作動しているんです！　船内にいてさえ、その影響が感じられるほどです。まだ微弱ですが……いつまでもそうではないはず。有翼艦十四隻を追いはらって、転轍機を攻撃する命令を出してください！」

ローダンはためらいがちに、ワリンジャーとブリーに問うような視線を向けた。

「どう思う？　まだ待つ意味があるだろうか？」

「待ってください！」フェルマー・ロイドがいい、しずかにするよう片手で合図した。「勘違いかもしれませんが、インパルスを感じたような気がします。この船の内部からでも、異人の艦隊からでもありません。異人のインパルスは、もともと理解できませんが……」

黙りこみ、意識を集中する。

マージはため息をつき、通信センターを呼びだすキイに手をかけた。

＊

それは突然にはじまった。最初は無害そうに見えたのだ。ラスは柔らかい火山灰の上で、ぐっすりと眠りこんでいた。グッキーはヘルメット・テレカムごしに、軽いいびきさえ耳にしていた。

ネズミ＝ビーバーは二時間前から、あおむけのまま目を見開いて、光の橋の輝きを見つめつづけていた。

いまもまだ、変化はない。

凝縮口糧と水タブレットはまだ四十時間ぶんはある、と、ラスはいっていたもの。節約すれば、六十時間はもつだろうと。

これが数時間じゃなくて、数日つづくかもしれない。グッキーはそう思い、自分が心おだやかに、この状況に耐えていることに驚いた。

帰還に成功したとしても、任務を完全にやりとげたとはいえない。ここがどこ、あるいは、いつなのかわかっていないから。可能性は三つあった。異次元か、並行宇宙か、未来もしくは過去だ。

爆弾二個のインパルスが、規則的に響いてくる。古い時計の針の音のように。

あるいは、時限信管が時を刻むように。

立ちあがり、岩を迂回して、〝墓〟を観察。

はじめて不安をおぼえた。光の橋がこの地点の土砂を三メートルの深さまで転送せず、爆弾がとりのこされた場合、二百立方キロメートルはとりこめる転轍機は、床がうっすらとおおわれるだけになるだろう。だが、試運転ならそれで充分なのではないか。

その逆も考えられた。三メートルよりもっと深くまで一度に土砂を運びさった場合、かれらも爆弾もいっしょに運ばれる。

グッキーはショックですわりこんだ。かれの計算にしたがえば、爆弾は地下百メートルに埋める必要があったということ。だが、それは現実的ではなかった。

べつの見方をするなら、爆弾がかれらといっしょに運ばれたほうが、まだしも好都合だろう。それならすぐに起爆させられる。別々に運ばれた場合、次のとりこみがいつになるか、知りようがないではないか。爆弾が非実体化および再実体化によって故障することはない。それはすでに証明されていた。

ほっとして、ふたたび立ちあがる。

「ぼかあ天才だ！」グッキーは自画自讃した。「地下百メートルに埋めなくてよかったよ」

その言葉が聞こえたらしく、ラスが目をさまし、起きあがった。あたりを見まわし、たずねる。

「まだか？」

「うん。だけど、じきにはじまるね」

「楽天的だな」

「賭けるかい？」

ラスがなにもいわないうちに、ネズミ＝ビーバーはすでに賭けに勝っていた。

＊

光の橋がいきなり強く輝きだし、周囲の地面がぎらつく光をはなったのだ。ラスとグッキーのヘルメット・ヴァイザーが自動的に閉じる。グッキーは急いでラスに近づき、その手を握ろうとした。だが、その前に巨大な手につかまれ、振りまわされるのを感じた。

完全に非実体化する前に、理解できたことはひとつだけだった。異星の空に向かってひきずりあげられ、無限の虚無に投げこまれようとしている。その先のどこか……あるいは、いつか……には、かれの知る宇宙が待っている。

もちろん、ラスも同じ経験をしているはず。

どれだけの時間をすごしたのかは、もうわからなかった。ヘルメット・クロノメーターはとまっている。あとになって《ミルキーウェイ》のクロノメーターと比較して、いきなり異世界の空にひきあげられてから時間転轍機のなかに到着するまで、一秒とかかっていないことが判明するのだが。

感覚的には永遠とも思えたが、冷静になって振りかえっても、論理的な説明はつかなかった。

実体化したグッキーは、鋭い痛みを感じた。すぐ上で物質にもどった岩が脚を直撃したせいだったが、さいわいにも重力がちいさく、重傷は負わずにすんだ。

最初に心配したのは、ラスのことだった。

友は勢いがついたままグッキーの上を飛びこえて、その場に実体化した柔らかい火山灰の上にぶじに着地した。苦労してからだを起こし、落下してくる大きな岩を巧みに避けながら、黒っぽい物質をはらいおとす。

ラスの口が動くのが見えたが、テレカムから声は聞こえず、思考インパルスも感じない。グッキーは即座に、時間転轍機の作動中は、どちらも機能しないことを悟った。

フェルマー・ロイドとも連絡がつかないということ！

ためしてみたが、残念ながら予想どおりだった。わずか数光分から数光時のところに救いがあるというのに、たどりつけない。テレポーテーションできないから。

脚を揉《も》みながら、ラスが苦労して土石のあいだから近づいてくるのを待つ。さいわい、手振りで意思疎通は可能だったが、困難だし、ひどく時間がかかった。

〈けがは？〉と、ラスが心配そうにたずねる。

〈たいしたことないよ。どうやって脱出する？　フェルマーとは連絡がつかないんだ〉

とりわけ大きくてたいらな岩が数メートルはなれたところに音もなく着地し、衝撃で割れた。爆弾を埋めた場所のそばにあった岩だ。グッキーは人工精神インパルスを探ったが、やはり感じることができない。爆弾が転送されていたとしても、転轍機が停止するまで手出しできないということ。

グッキーははじめて、ワリンジャーが話していた光るらせんを目にした。いまにも消えそうで、はっきりわかるほどの乱流にはなっていないが、そのせいでテレポーテーションとテレパシーが阻害されているのだ。

　グッキーもラスも、またべつの檻《おり》に閉じこめられたことはわかっていた。しかし、なんという檻だろう！　サウパン人が試運転をつづけるかぎり、脱出は不可能だ。土石が天井までいっぱいになったら……

　グッキーは最後まで考える気になれなかった。

　もちろん、ラスも同じだ。

　時間塵は転輸機内に均等に転送されているらしい。両テレポーターにとっては幸運だった。一カ所にまとめて積みあげられたら、困ったことになっていただろう。ざっと計算すると、転輸機の床面に土石が均等に配置されるなら、Y字の下端の射出口のあたりまで、一メートル以上の深さで時間塵に埋もれていることになる。それなら爆弾二個も、すでに転輸機内に転送されているだろう。

〈ここから出なくちゃ！〉グッキーが、こんどは切迫した身振りになる。

　ラスはうなずいた。

〈射出口のほうに〉と、ネズミ＝ビーバーに伝える。

　無意味なことはわかっていた。目的地につくまでに、数時間はかかるだろう。低重力のおかげで大跳躍は可能だが、たいした助けにはならない。しかも、グッキーには大きな不安があった。

　予想どおり爆弾がすでに転輸機内にあるとしても、自分とラスが安全を確保しないかぎり、起爆させることはできない。その見通しは暗かった。

　だが、転輸機が時間塵を射出しはじめたら、いずれ爆弾も射出されてしまう。そうなったらすべては水の泡だ。

　転輸機は物質を吸いあげつづけている。ただ、ほっとしたことに、土石はどこも一メートルの深さで堆積しているわけではなく、床を数センチメートルおおっているだけのところもあちこちにあった。岩も土もそのままのかたちで実体化するため、直径一メートルの岩があれば、そこだけ厚くなってしまうのだろう。火山灰はほぼ均等に堆積しているようだ。

　らせんはとっくに消えていた。グッキーが振り向くと、光の橋のはじまる部分も見えなくなっていた。

　転輸機が停止したのか？

　グッキーはその場に足をとめた。

　だが、テレカムが機能するかどうか、テレポーテーションができるかどうかをたしかめる前に、これまでとは正反対のことが起きはじめた。フェルマーに思考インパルスを送る余裕さえない。

両テレポーターはラスの足首ほどの深さの火山灰の上に立っていた。それがいきなり、水のように流れだしたのだ。大きく強い力が、すべてを押し流していく。転輸機自体のエネルギーもまた、あらゆる物質を射出口のほうに吹きよせていた。

グッキーははなればなれにならないよう、ラスの手を握りしめた。サウパン人が時間をむだにせず、準備のできた時間転輸機で時間塵を射出しようとしているのはまちがいなかった。そこには両テレポーターもふくまれている。

二本の流れが合流し、ラスが足をすくわれた。グッキーがかれにしがみつく。大小の岩にはさまれながら、両者は射出口に向かって速度をあげながら流されていった。射出口あたり一面に火山灰が舞いあがり、粉塵《ふんじん》はさほど濃くはなかったが、最初のうち、射出口は見えなかった。しかも光の橋が消えたため、周囲が暗くなっている。ただ、射出口からはかすかな光がさしこんでいた。

それが徐々に強くなっていく。

流れは射出口に近づくほど速くなった。ラスとグッキーは遷移にともなう痛みに似たものを感じはじめていた。このままでは、任務は確実に失敗する。非実体化したら、フェルマーがシュプールを追うこともできない。

痛みはさらにひどくなった。光の橋で感じたわずかな痛みとは比較にならない。今回はすべてが前とは違っていた。

非実体化する前に、とんでもない速度で宇宙空間に射出された。グッキーはなんとかラスといっしょに、この土石流の外にテレポーテーションしようとしたが、やはりできなかった。

今回も時間のずれはないようだ。

時間転轍機から射出されるのと同時に、再実体化したように感じられる。かれらは巨大な土石の雲にかこまれて、宇宙空間を漂っていた。どこかに標的があったわけではないらしい。両テレポーターごと、かなりの高速で移動している。

「ここはどこだ?」テレカムからラスの声が聞こえた。

機能がもどったのだ!

「わかんないよ! フェルマーと連絡をとってみる。試射だから、狙いもつけずに適当に撃ちだしたんだろうね。転轍機からそんなにはなれてないんじゃないかな。まわりをよく見ててよ。なんか目印が見つかるかもしんない。そんで、爆弾はこのあたりにはないから……まだ惑星上なんだと思う」

ラスはネズミ＝ビーバーの集中を乱さないよう黙りこんだ。周囲を見まわすが、土石に視界をさえぎられてよく見えない。

土星の輪のなかにいるようだな、と、ラスは思った。どこかに恒星か、知っている星座が見えないかと目を凝《こ》らすが、すぐに土石にさえぎられ、見定められない。どの方向から飛ばされてきたのかもわからなかった。相対的な位置関係がまったく不明なのだ。飛翔装置を最小出力で、慎重に作動させる。思ったとおり、問題なく機能した。時間塵のなかからはなれることも可能だろう。どうせしばらくすれば、シュプールものこさず消えてしまうのだろうが。

そのとき、グッキーの声が聞こえた。

「うん、フェルマー、聞こえたぜ！　でも、すんごく弱いんだ！　ああ、生きてるよ！」

ラスは肩の荷がおりた気分だった。

「やったな！　すばらしい！」グッキーに接近し、手を握る。「この土石のなかから出よう。そうすれば、方角もわかるはず」

「《ミルキーウェイ》はななめ後方だと思うな……ぼくの感覚が正しければ。だから、そっちに向かおう。フェルマーのインパルスはすんごく弱くて、ほとんど消えちゃいそうだけど、ちゃんと接触できてる」

両者は飛翔装置を使い、土石の雲を側方につっきって、やっと周囲になにもない空間に出た。計器をたよりに、どうにか相対的に静止する。時間塵はかなりの速度が出ていて、そのかすかな光はすぐに虚無のなかに見えなくなった。

「あれがきっとヴェガだ」ラスは期待をこめて、とりわけ明るい一恒星を指さした。

ヴェガだ」

「星座は確認できない。地球とは別方向から見ているせいだろう。だが、まちがいなく

「数光分ほどテレポーテーションしよう」と、グッキーが提案。その声には自信がよみがえっていた。「ぼくらの任務は、まだ終わってない」

「そのとおりだ」と、ラス。「では、急ごう……！」

二度のテレポーテーションのあとも、ヴェガはそれほど近づいていなかった。かわりにべつのものが見つかった。

「こいつはびっくりだ」グッキーが甲高い声でさえずる。「あそこに見えるの、われらが愛する〝屑鉄の山〟じゃないか！　見えるかい？　あんたのほうが目はいいだろ」

ラスはしばらく目を凝らし、その残骸を発見した。傷だらけの外殻は、星々の弱い光をほとんど反射しない。

「これで方角がはっきりするな」ラスがほっとしたようにいう。

「それだけじゃないぜ。ほら、乗りこもう」

「乗りこんで、なにをするんだ？」

ヘルメット・ヴァイザーの向こうに、にやにやしているネズミ＝ビーバーの顔がはっきりと見えた。

「なにをするって？　ぼくらはこの三日間、ろくなもんを食べてないじゃないか。〝屑

鉄の山〟の食糧庫を、宙賊に荒らさせるつもりなんかない。さ、行くよ！」

返事も待たずにラスの手をつかみ、テレポーテーション。グッキーは二度めの試射がもうしばらく先になることを願った。宇宙空間に再実体化したあと、爆弾のインパルスを受信していなかったから……

5

「グッキーです！」フェルマー・ロイドが見るからに安堵した表情で報告した。「ラスもいるそうです。やりとげたんです」

「爆弾はどうなったので？」と、マージ・ヴァン・シャイク。

「焦《あせ》らずに！」フェルマーが船長をなだめ、「思ったよりも接触の状態がよくありません。たぶん転輸機のせいでしょう。試射は終わりましたが、乱流の影響がのこっています」

「ポジションは？」ローダンが性急にたずねる。この瞬間、かれ以上によろこんでいる者はいなかった。「手を貸さなくていいのか？」

フェルマーはすぐに返事をしなかった。たとえ自分のせいではなくても、接触がとぎれるのを恐れたから。インパルスの送出に意識を集中するが、応答はない。

ブリーはがまんができなくなり、訊いた。

「どうなんだ、フェルマー？　グッキーから応答はないのか？」

「接触は短時間で、微弱なものでしたが、どうやらグッキーになにか計画があるようで……」

「計画？」ローダンがぞっとしたようにいう。「だったら、すぐに忘れるように伝えろ」

「次に接触できたら、そう伝えます」フェルマーはそういったが、希望は持っていなかった。

「なにかするのですか、しないのですか？」マージがしびれを切らしてたずねた。「艦隊は待機して、命令を待っています」

ローダンは首を横に振った。

「当面、なにもする気はない、マージ。ラスとグッキーが生きていたことはとてもよろこばしいが、そのために、こちらは身動きがとれなくなった。グッキーの〝計画〟がどんなものかわからないから。それに、爆弾のこともある！　忘れたのか？」

「そのことをいっているのです」マージがややむっとして応じる。

「それはまたべつの話だ。いまのところ、グッキーとラスは爆弾を起爆させようとしているらしい。だが、その前に、転轍機の建造者を見つけたいと思っているのだろう。いま必要なのは、そのじゃまをしないだけでなく、危機におちいらせないことだ」

フェルマーが片手をあげた。

「チーフ、グッキーから連絡がありました。残骸のなかにいるそうです」

「残骸？」ローダンは一瞬とまどった顔になったが、すぐに理解した。「あの残骸はかなりの速度で遠ざかっているはず。いまごろはもう……」

「姿勢制御ロケットを使って方向転換し、ひきかえしているそうです。わかったのはそれだけです。接触状態が悪くて。転轍機の影響だと思いますが」

「どうしてテレポーテーションで帰ってこないんだ？」ブリーが疑念を口にする。「それも転轍機のせいなのか？」

「そうかもしれない」ローダンがいうと、ワリンジャーもうなずいた。「テレパシーが阻害されているなら、テレポーテーションも同様だろう。短距離しかジャンプできないのかもしれない」

「有翼艦のなかにはいろうというんでしょう」と、ワリンジャーが指摘した。

＊

グッキーがフェルマーと接触してだいたいの方角を把握したあと、ラスは残骸のコース変更に成功した。速度もさらにあげることができ、数時間以内には転轍機のそばを通過できるはず。

ワリンジャーの推測はあたっていた。転轍機の方向に長距離のジャンプはできないも

の の、充分に接近してから有翼艦に直接テレポーテーションするなら、とくに問題はない。

ちょっとした祝宴のあと、グッキーはふたたびフェルマーとの接触を試み……成功した。ただ、精神インパルスはひどく弱かった。転輸機の活動はとまっていると、フェルマーははっきりいったのだが。グッキーはかれに、二度めの試射の準備をしているのだろうと伝えた。爆弾はまだ転輸機内に転送されていない。グッキーとラスは、できればサウパン人に警告したいと思っていた。かれらを殺したくはなかったから。

それはローダンも同様で、承認している。

ネズミ＝ビーバーは満足そうに、ふくらんだ腹をなでた。

「満腹になると、世界が違って見えるもんさ。もうすぐ最終ラウンドだぜ。でも、正直なところ、ぼくらはまだたいしたことを達成してない。どこにいたのかもわかんないし、二度めの試射があるのかどうかもはっきりしないんだから。転輸機がどんな原理で動いてて、どっからエネルギーを得てるのかもわかってない」

「欲ばりなイルトめ」ラスがからかう。「以前より、格段に多くのことがわかったじゃないか。時間転輸機が本格作動するまで、まだすこし時間があるらしいこともわかった。ひとつ確実なのは、次の転送で爆弾が転輸機内にとりこまれることだ」

「サウパン人は警告に耳を貸すかな？」

ラスはわからないというしぐさをした。

「それは向こうしだいだが、そう願いたいな。おまえさんならかんたんに説明できるだろう。接触しても相互理解できなかった場合、感情インパルスで伝えられないか？」

「それならできるよ……向こうがそうさせてくれればだけど。あんまり辛抱強く見えなくってさ、あの〝ソーセージ騎士〟たち」

そういって、サウパン人の甲冑《かっちゅう》じみた姿をあてこする。

ラスはいまも機能している一スクリーンに目を向けた。ヴェガがほぼ中央にあり、《ミルキーウェイ》や、時間転轍機や、有翼艦隊はまだ見えない。残骸が充分に接近するまで、しばらく時間がありそうだ。

交互に数時間ずつ仮眠し、休息を終えたグッキーがスクリーンを見ていると、画面左下にゴールドの点が見えてきた。

二時間後には決断をくだすことになるだろう。

＊

〝屑鉄の山〟は有翼艦隊と転轍機に接近していった。この間にサウパン人が未知の目的地に狙いを定めて転轍機を調整したのではないかと、グッキーはひそかに懸念をいだいていたが、さいわい、それはあたっていなかった。それらしい活動は見られないまま、エネルギー性の妨害がまたはげしくなり、フェルマーとの連絡はとだえた。

残骸内部で短いジャンプをしてみて、テレポーテーションが可能なことを確認。計画成功の最初の条件はクリアした。

のこる唯一の不安は、転輸機が再度作動するまでの時間がわからないことだった。爆弾が異世界から転送されて転輸機内に実体化するのは確実だし、そのときは信管の人工精神インパルスが教えてくれるから、これについては心配ない。問題は、爆弾が転輸機内に転送されてから射出されるまでのあいだに、起爆のための時間があるかどうかだ。

グッキーとラスは残骸のなかで唯一の舷窓の前に立ち、転輸機と有翼艦隊を見つめた。

〝屑鉄の山〟は急速に接近していく。なゝめ前方に目的の艦が見えた。

「行くぜ、ラス！」

ラスはすでに残骸を反転させて制動噴射をかけていて、有翼艦隊との相対速度はほぼゼロになっていた。サウパン人に気づかれることはわかっていたが、もうどうでもよかった。帰還の可能性を確保するほうが優先だ。

「インパルスは感じるか？」と、ラス。

「有翼艦の乗員のってこと？　ああ、もちろん。でも、前と同じで、考えてることはわかんないや。転輸機がうまく作動して、よろこんでいいはずだけど、そんな感じじゃないんだな。やっぱり葬式みたいに陰鬱なんだ。わけがわかんないよ」

「せめてどの艦から転轍機を操作してるか、わからないか？」

「むちゃいうなよ、ラス！　長い休止時間をとったのは、たぶん仕事のできばえに満足してなくて、調整してるんだと思う。そうでなきゃ、とっくに標的を攻撃してるさ」

「そう願いたいな。つまり、まだすこし時間はあるわけだ」

「プロジェクターのあるホールに通じる通廊に向かって、いっしょにジャンプしよう。それなら妨害があっても、成功する確率は高いだろ」

「わかった」ラスはグッキーの手を握った。

ベルトにはパラライザーがおさまっている。ネズミ＝ビーバーは小型トランスレーターを携行していたが、今回にかぎっては、役にたたないだろうと思っていた。

転轍機の相対的右側にある七隻の先頭に位置する一隻に狙いを定め、艦の通廊にテレポーテーション。

さいわい、サウパン人の姿はなかったので、ヘルメットは装着したままヴァイザーをあげ、テレカムを使わずに話ができるようにする。

「フェルマーとの接触は？」と、ラスがたずねた。

「弱いけど、なんとかわかる。《ミルキーウェイ》の全員が成功を祈ってるってさ」

「心強いな！」ラスが反射的にいう。

プロジェクターのあるホールのドアに近づき、慎重に開ける。驚いたことに、サウパン人の姿はなかった。装置に異状はなさそうだ。

「どこに行った？」と、ラス。

「艦内にいるのはたしかだね。インパルスが集中してるから。どっか一ヵ所に集まって、集会でもしてるみたいだ。しばらくはなんにも起きないと思うよ。いまのうちに、艦内をじっくり見てみようぜ。武装とか、推進機構とか、いろいろさ」

短距離テレポーテーションで全長五百メートルの不恰好な船体をつっきり、機械装置がつめこまれた、ずんぐりした艦尾に出現。ワリンジャーならそこから多くのことを知りえただろうが、ラスとグッキーは推測することしかできない。

「昔の遷移エンジンにすこし似ているな」ざっと見たあと、ラスがいった。「ハイパー空間でのシュプールを、かんたんに追跡できそうだ」

「そのうちその必要も出てくるかもしれないけど、とりあえずどうでもいいや。でも、まだ武装のことがなんにもわかんない。一階層下に行ってみよう」

船体下部には格納庫がならび、搭載艇が射出レールの上にのせられていた。形状は母艦とほぼ同じだが、当然、かなりちいさい。搭載艇にも遷移エンジンが装備されているかどうかは確認できなかった。一サウパン人が格納庫にはいってきたのだ。両テレポーターは一搭載艇のかげにかくれ、奇妙な鎧を装着した異人を観察した。

この異人の身長は一メートル半くらいだ。ラスははじめて、鎧の大きさが装着している者の体格ではなく、地位をあらわしているのではないかと思いいたった。ラスの思考インパルスをとらえたグッキーはかれに向きなおり、何度か自分の額をたたいた。ネズミ＝ビーバーがこの考えを気にいらないのは理解できる。自分の身長が一メートルくらいしかないのだから。

そのサウパン人は格納庫の担当らしい。よろめきながら一搭載艇に近づき、なかに姿を消す。なんらかの任務か、ただの点検だろう。

「あいつをつかまえるか？」ラスが小声でたずねる。

グッキーは首を横に振った。

「あんな小物を？　意味ないよ。自分がどうしてここにいるのかもわかってないんじゃないかな。行こう。ここから出るんだ」

テレポーテーションで艦尾から艦首までジャンプし、巨大な鳥の頭の近くに出現。短い〝頸〟の部分だ。

人影は見あたらなかったが、グッキーはラスを壁の窪みに押しこんだ。

「思考インパルスは強くなったけど、やっぱり内容はわかんない。いくつかの感情が全体をおおいかくしてるんだ。気になるのは、部分的に対立する感情の存在かな。満足感と失望が同居してるんだよ。どっちも転輸機の作業についてだと思うんだけど。とにかく、完全に満足はしてないってこと」

「われわれのせいで障害が起きたんじゃないか？」

「いんや、それはまずないね。ほかの転輸機も、生命体を吸いこんでハンザ商館のある惑星に送りこんだろ？　生物が転輸機の機能を妨害するわけじゃないんだ。満足してないのには、べつの理由があるんだよ」

「技術に欠陥がある？」

「たぶんね。とにかく、いまんとこ、完璧に作動した転輸機はないらしいや。すくなくとも、本来の目的をすべて達成したものはね」

「異人と接触してみるべきではないかな？　これ以上あとにすると、手遅れになりそうだ」

グッキーもその提案に賛同した。

集会場所は……グッキーが感知したところでは……〝頸〟が〝頭〟につながる部分、現在位置から五十メートルたらずのところだった。能力を知られないよう、ふつうの生物のように歩いてそこに向かう。いくつか通廊をぬけ、反重力の原理を利用していないリフトも一度使った。

目的地に近づくと、はじめてサウパン人の声が聞こえた。

わずかに開いたドアの前に立つ。ラスは隙間からなかをのぞき、グッキーに合図した。

「見てみろ！」と、ささやく。

まさに驚くべき光景だった。

四百名ほどのサウパン人が、奥行き百メートル、幅五十メートルはある大ホールに集まっていた。椅子はなく、さまざまな鎧を装着した者たちが、見たところ無秩序に立ちならんでいる。身長三メートルほどの巨体の持ち主が演台のようなものの上に立ち、演説をしているようだが、声は周囲のざわめきにかきけされがちだ。

聴衆はドアに背を向けていて、こちらに注意をはらう者はいない。

ラスはためらわなかった。ドアを開け、音もなく大ホールに滑りこみ、戸口のわきにしゃがみこむ。グッキーもすぐにそのあとにつづき、背後でドアを閉めた。

いかにも無謀な行動に思えるが、じつはリスクはたいしたものではない。転輸機が作動していないから、危険があればすぐにジャンプして逃げられる。しかも大ホールはあまり照明されておらず、全体に薄暗かった。

〈演台の上のやつがなにを話しているか、わかるか?〉と、ラスが考える。

グッキーは首を縦にも横にも振らなかった。意識集中を乱されたくなかったし、かれ自身、その答えを知りたいくらいだったから。演台のサウパン人は野次に動じることなく、楽天的な色あいの感情インパルスをはなっている。それとともに、そこに存在する陰鬱な感情も軽くなっていくようだ。

この陰鬱さは、明らかにサウパン人の考え方の基調をなしている。

なにか理由があるはず！　なんだろう？　ラスはただ待つしかなかった。サウパン人がちょっとでも振りかえれば、すぐに侵入者に気づくだろう。そのとき、かれらはどうするだろうか？

だんだん気分が悪くなってくる。いま、ここで相手と接触することが、急に名案には思えなくなってきた。これだけの人数がいっせいにパニックにおちいったら、すべておしまいだ。さらに、大ホールには艦の全乗員が集まっているようだった。そこには……接触するという観点から見てだが……意味のない者も多くいる。

〈司令室で待ってたほうがいいんじゃないか？〉と、強く念じる。

グッキーがほとんど即座にうなずいて同意をしめしたことから、かれも同じように考えていたのがわかった。慎重に大ホールをあとにする。気づいた者はいなかった。

通廊に出て、ほっと息をつく。

「司令室で待つべきだろうね。もっと早く気がついてもよかったよ」と、グッキー。

「そこなら重要な人物がいるはずさ。よし、リフトだ！　〝頭〟に行かないと」

四角いプレートに乗って一階層上昇し、やや登り坂になった、〝嘴《くちばし》〟につづく通廊を前進する。そのつきあたりには半球形の空間があった。

司令室だ！

つまり、鳥の〝脳〟の部分が司令室ということ。ほんものの鳥なら目にあたる場所にふたつのまるい舷窓があり、そこから宇宙空間を眺めることができた。ゴールドに輝く時間転輸機が、不活性状態で、左舷にやや距離をおいて浮遊している。

ほかにだれもいないので、おちついて周囲を観察し、制御装置を発見。舷窓からは数隻の搭載艇が見えた。ほかの艦からかれらのいる艦に向かっているようだ。

「ついてるぞ、グッキー。これはどうやら、建造者艦隊の旗艦だったらしい。転輸機も、ここでの集会が終わるまでは作動しないようだ。よほどの重大問題が発生したようだな」

「よかったよ」グッキーはやや無理をしたようすで笑みを浮かべた。「ぼくらが異次元に行ってるあいだになにも起きなくて。とんでもないことになってたかもしんない」

制御装置は異質で、機能は推測するしかなかった。レバーやスイッチは見あたらず、ソケットにおさまったまるいボタンがならんでいるだけだ。どれほど変形した手でも、あるいは鉤爪や触手でも、これなら操作が可能だろう。サウパン人の鎧の形状は多種多様で、なかには……艦と同じく……鳥のかたちをしたものもある。それに対応しているのかもしれない。

「集会はあとどのくらいかかるかな？」と、ラス。

グッキーはどうやらシートらしい物体に腰をおろした。

「わかんない。でも、だれかがここにくるまでは、なんにも起きやしないさ。気楽に待ってればいいって」

「ペリーたちにはどう伝える？　接触できているのか？」

「やってみるよ……」

＊

「どうした？」フェルマー・ロイドに合図され、ローダンは声をかけた。

「〝サウパン人〟と命名した建造者の、艦隊の旗艦にいるそうです。転輸機になにか問題があるらしく、集会が開かれているとか」

「問題がある？」ワリンジャーがグッキーの推測に疑問を投げかけた。「転輸機で攻撃する標的をどこにするか、相談しているのでは？」

「それは考えにくい」と、ローダン。「サウパン人にその決定権はないだろう。転輸機を建造し、調整して……それで任務は終わりだ。標的は事前に伝えられているはず……すくなくとも、わたしはそう思う」

「セト＝アポフィスからってことですかい？」ブリーがいわずもがなのことをたずねる。ローダンはうなずいただけで、ふたたびフェルマーに顔を向けた。

「接触は良好か？」

「前よりはましです。サウパン人のインパルスも多数、感じられます。思考内容はさっぱりわかりませんが。感情だけで、それも明瞭ではありません」

「ま、いい。それはグッキーの仕事だ。転轍機は停止していて、妨害はないと伝えろ。有翼艦隊が安全なところまではなれ、爆弾が吸いこまれたら、グッキーがただちに破壊するだろう……吸いこまれたら、の話だが」

フェルマーはうなずき、ネズミ＝ビーバーとあらためて接触した。

6

グッキーは感情インパルスの強さから〝接近してくる〟者の存在を感知し、ラス・ツバイに合図した。急なインパルスの乱れは、集会が終わり、サウパン人がそれぞれの部署にもどっていくことを意味するはず。

ラスはパラライザーを手に制御卓のかげに身をひそめ、グッキーはシートにすわったまま、サウパン人がはいってくるはずのドアのほうを向いた。三つの異なるインパルスが感じられる。

グッキーの予想どおり、サウパン人が三人、司令室にはいってきた。侵入者に気づかないまま、まっすぐ制御装置の前に向かう。グッキーとラスは時間転轍機建造者の姿を間近から観察する機会に恵まれた。

ひとりは身長が三メートルほどもあり、まずまちがいなく、集会で演説していた者だった。からだはあの奇妙な鎧につつまれているが、腕二本と強靭《きょうじん》な脚二本があり、ヒューマノイドと見てよさそうだ。

ふたりめは身長二メートルほど、からだはまるっこく、両脚は細くて短い。やはりソーセージをならべたような鎧を装着している。頭や顔にあたるものは見えなかった。まるいからだが上にいくほど細くなり、そのまま終わっている。

三人めはやや鳥を思わせる恰好の鎧を装着していた。からだはいちばんちいさく、身長一メートル半くらい、はねるような足どりで進んでくる。

ナンバー1が制御装置の前にすわり、マイクロフォンらしいものをつかんだ。ほかの艦と連絡をとるらしい。だが、ボタンが押される前に、グッキーがシートから滑りでてサウパン人に近づき、親しげに肩をたたいた。肩をおおう鎧は革のような手触りだった。

「待ってよ、でかいの！　その前に話しあおう……」

ほかのサウパン人ふたりは一、二秒前にグッキーに気づいたが、驚きのあまり身動きできない。精神インパルスがはねあがっただけだ。

ナンバー1がゆっくりと振りかえり、グッキーを〝見る〟。すくなくとも最上部に顔らしい部分はあるが、表情はマスクのように動かなかった……ほんとうにマスクなのかもしれない。開口部はいくつかあるものの、目も、耳も、鼻も、口も見あたらなかった。

相手はどうやら言語らしいくぐもった音をたて、すわったまま動かない。マイクロフォンを制御装置の上にもどすこともしなかった。

グッキーは小型トランスレーターをとりだし、作動させた。鳥に似たナンバー3は横っ跳びに司令室の反対側に逃げたが、そこはラスの近くだった。

ナンバー1がふたたびなにかいった。この小艦隊の司令官なのだろう。短い言葉を強い口調でどなったのはわかったが、相いかわらず意味は不明だ。トランスレーターからはさらに強い口調の言葉が流れたので、グッキーはスイッチを切った。

ラスがかくれ場から出てきて、〝鳥〟に武器を見せた。誤解しようのない身振りで、ナンバー3を制御装置のそばの、もとの場所にもどらせる。

司令官はそのあいだに驚きを克服したようだ。ネズミ＝ビーバーの三倍の身長があるので、脅威を感じないのだろう。疑わしい動きは見せず、マイクロフォンを押しやる。シートをまわしてグッキーを正面から見つめ、ふたたび声をあげた。

こんどは断片的ながら、意味をとらえることができた。もちろん、こちらの意図を伝えるのはさらに大変だが、身振り手振りも使って、なんとか意思疎通しなければならない。

ナンバー2も腰をおろす。その思考インパルスは、陰鬱さと驚きと無力感のいりまじった、まったくのカオスだった。

「どうだ？」ラスはそういいながら、平和的意図をしめすため、パラライザーをしまった。「理解したか？」

「まったくだめ。転轍機を作動させたらすぐ撤退しろなんて、どうやって伝えればいいのさ。理解したとしても、怪しまれるだろうね。無理強いするわけにもいかないし」

「やっとわかってきたぞ」ラスはそういいながらも、サウパン人三人から一瞬も目をはなさない。「われわれ、ミスをおかしたようだ。干渉すべきではなかった。最初の試射のとき、光の橋の光が消えて時間塵が射出されるまで、半時間かかった。半時間あれば……爆弾を起爆させるには充分だ」

「つまり、次のときも同じだってこと?」グッキーはしばらく考え、うなずいた。「うん、そのとおりかもしんない。問題は、ぼくらがここで消え失せたとして、サウパン人が計画どおりに仕事を進めるかってことだね」

「リスクがあるのはたしかだ。だが、ここでぐずぐずしていて、なにも達成できないのでは意味がない」

グッキーは無言だった。とほうにくれているのは認めざるをえない。サウパン人の考えが読めないのなら、主導権はすでに奪われたということ。

あらためて、司令官の思考に意識を集中する。

やはり感情がほかのインパルスをおおいかくしていたが、断片的な思考はとらえることができた。

〈……遅延できない……どうしても……開始しないと……〉

それだけだ。

「ラス、ここから消えようぜ。サウパン人が仕事をつづけられるように。ただ、艦内に警報を出されると困るな。異人が二名、ここにいたってことがわかっちゃう」

「われわれがテレポーターとは知らないはず。ドアから出ていって……すぐに消えればいい。探させておくさ」

「そうだね。ほかに手はなさそうだ。でも、転輸機が作動したら、すぐにまたここにもどってこなくちゃ」グッキーは急に口をつぐみ、ドアのほうを見た。「だれかくるぜ、ラス！」

サウパン人が五名、司令室にはいってきた。二名の異人を見て茫然と立ちすくむ。司令官がなにか声をかけると、五名はいっせいに鎧から武器らしいものをとりだし、両テレポーターに向けた。

ラスは瞬時に反応した。相手が発砲する前に五人を麻痺させ、グッキーを待つこともせず、かれらのからだを踏みこえて通廊に走りでる。ネズミ＝ビーバーもチャンスを逃さず、能力を見せることなく司令室から飛びだした。次の角で待っていたラスに追いつく。

「格納庫に！」ラスはそういい、片手をさしだした。

このあとの描写は後日の再構成で、推測の域を出ないが、大きく違ってはいないだろう……

＊

サウパン人司令官は、異人二名が意識を失った五名の上を跳びこえ、通廊に走りでて、角の向こうに姿を消すのを目にした。十秒ほど茫然としていて、みずから追跡することも、追跡を命じることもできなかった。そのあとようやく、精神と肉体が現状を認識した。

サウパン人には当然ながら理解できる言語で、艦内保安部隊にいくつか命令を出し、艦隊の全艦長と連絡をとる。

《ミルキーウェイ》や異艦隊の存在は探知していたが、作業のじゃまになるわけではなかったので、無視していた。侵入者二名はそこからきたとしか考えられない。いつのまに艦内にはいりこんだのかは不明だが。

その気になれば、探しだして尋問することはできるだろう。だが、いまはもっと重要な任務がある。

時間転輸機は完成した。最初の試射は成功したが、本作動の前には三回の試射が必要だ。以後は完全自動で休みなく作動するようになる。

司令官は、グッキーがナンバー2と呼んだ身長二メートルのまるっこいサウパン人に、異人二名の捜索をまかせた。ナンバー2は細い両脚で不器用に歩いて、司令室から出ていった。

ナンバー2は捜索部隊と合流し、担当する区画をチームごとに振り分けた。自分は各チームの監督にあたることにする。

ナンバー3は司令官のそばにのこった。異人に撃たれた五名は麻痺しているだけで、命に別状はなく、すぐに意識をとりもどすことがわかった。

これは朗報だった。五名は転輸機の作動に必要だったから。専門チームをあらたに編成することになったら、次の試射がさらに遅れていただろう。

五名は次々に意識をとりもどし、ふらつきながらも立ちあがった。かれらの精神インパルスには狼狽《ろうばい》と、前以上の陰鬱さが感じられた。司令官に叱責されたことで、さらに気分が暗くなる。五名は持ち場についた。

外の宇宙空間には巨大なY字形の時間転輸機が浮かんでいる。それがふたたび未知次元に光の橋をかけ、この宇宙の一世界に死と破滅をもたらそうとしていることをしめす徴候は、なにも見あたらなかった。

実際、その準備はまだできていない。標的を定めるのは、あと二回の試射を成功させてからだ。

司令官のナンバー1が専門チームに合図した。五つの手、または手に似た器官が、ばらばらにはなれた五枚のタッチパネルに触れた。パネルはたがいに配線でつながっている。

司令官は身を乗りだした。左の舷窓から転輸機が見える。

かれは制御ボタンに右手をのばした……

＊

《ミルキーウェイ》には混乱がひろがっていた。

フェルマー・ロイドはグッキーを通して、有翼艦での出来ごとをそれなりに把握していた。ローダンの表情は満足とはほど遠い。

「結局なにもわからないまま、事態が横道にそれていっている」と、不安そうにいう。

「見たところ、問題はあの鎧だ。あれが強固な遮蔽物になっているにちがいない」

「たぶん転輸機のエネルギー乱流に対する防御でしょう。それが思考インパルスを隠蔽《いんぺい》し、感情しか読めなくしているんです」と、フェルマー。

「いずれにせよ、グッキーの計画は失敗ってことでは？」レジナルド・ブルが口をはさんだ。

マージ・ヴァン・シャイクもなにかいおうとしたが、考えなおして口をつぐんだ。同じようなことをいっても、無意味と思ったのだ。

「ラスの推測があたっているように思えます」と、ジェフリー・アベル・ワリンジャー。「サウパン人は捜索をつづけながら、試射も継続するつもりでしょう。そのとき、グッキーにチャンスがあるはず」

「チャンスなら、もう充分にあったと思うがね」ブリーが確信をこめていう。

「それではたりなかったんでしょう」フェルマーはイルトを擁護した。

ふたたびネズミ＝ビーバーのインパルスに集中する。ラスといっしょに、格納庫に実体化したところだ。適当なかくれ場を探し、一搭載艇を選択。そこなら舷窓から格納庫全体を見わたせる利点がある。

安全を確保したグッキーは、あらためてフェルマーと接触した。

〈転轍機が作動したら、すぐに教えてよ。でも、どうやってサウパン人を撤退させればいいんだい？〉

その答えはフェルマーにもわからなかった。

＊

たがいにまったく似ていないサウパン人六名が格納庫にあらわれ、内部を見てまわった。あまり職務熱心ではなさそうで、搭載艇のなかをのぞこうともしない。

かれらがいなくなると、ラスがいった。

「ここに部隊をまるごとひとつかくすこともできそうだな。残念ながら、いまのわれわれの役にはたたないが」

その点はグッキーも同感だった。さまざまな可能性を考慮した結果、最後にのこったのはひとつだけだった。

「フェルマーから転轍機が作動したって連絡があったら、司令室にジャンプして、司令官と話をする。撤退しろって説得できると思うんだ。向こうが頑固に拒否したら、〝屑鉄の山〟にテレポーテーションして、そこから爆弾を起爆するしかないね」

「そのとき残骸は充分にはなれているのか？」

「そのはずさ」

ラスもグッキーも、時間転轍機の建造者が気にいったわけではなかったが、確実に破滅する場に置きざりにするのも気がとがめた。セト＝アポフィスの補助種族であるのはたしかだが、自分たちの行為が罪もない世界に死をもたらす危険なものだとは、知らないのかもしれない。

そのとき、光の橋が見えた！

フェルマーのインパルスは弱くて乱れていたが、なんとか理解できた。グッキーがすばやくそれを把握し、ラスに伝える。

「はじまったぜ！　転輸機が作動した。ぼくらの予想が正しければ、あと半時間の余裕がある。まにあってくれるといいけど」

「司令室に行くか？」ラスが確認する。

「ああ、そのまんなかにね！」グッキーは片手をさしだした。「急ごう！」

非実体化するとき、ラスは念のため、パラライザーを片手に持っていた。かれが専門チームの五名を牽制《けんせい》するあいだに、グッキーがテレキネシスで武器を奪う。グッキーはサウパン人の顔が見られないのを残念に思った。もぎとられた武器が天井近くまで宙を舞ったときの顔は、きっと見ものだったのに。

司令官がゆっくりと振りかえった。

グッキーはなにもいわず、巨体のそばの舷窓ごしに見える時間転輸機と光の橋を指さした。火山灰世界とは、すでにつながっているはず。

身振り手振りで、転輸機がいつ爆発してもおかしくない、と、サウパン人に伝えようとする。司令官はどうやら理解したらしいが、信じていないようだった。態度はおだやかだが、それはラスが手にした武器のせいだろう。

鳥に似た姿のナンバー3も、じっと身動きしなかった。やはり小柄な異人が伝えようとしていることを理解したらしく、ときどき転輸機のほうに顔を向ける。その精神インパルスは不安をしめしていた。強い不安が、陰鬱な感情のおおいの下からあふれでている。

ナンバー3ががらがら声で司令官になにかいい、司令官も長々と転輸機を見つめた。グッキーはもう一度、テレパシーで考えを伝えようとした。言葉に出すと同時に、精神インパルスの出力も強める。

「考えてる場合じゃないぜ、わが友。そんなことしてたら、破片が降ってくるだけさ！　転輸機からはなれるんだ、あのゴールドのY字から！　爆発するんだよ！　わかんないの？　爆発だ！　ばん！　どかん！」

〝ばん〟と〝どかん〟のところは身振りもまじえて強調する。理解できないはずがなかった。だが、サウパン人が知りたいのは、どうして転輸機が爆発するのを異人が知っているのか、ということらしい。司令官とナンバー3ははげしい議論をはじめ、専門チームの五名もそこにくわわった。

「話の内容はわからないのか？」ラスが不安そうにたずねる。

「多少はわかるよ。転輸機になにかが起きるってことは理解したみたいだ。でも、それを信じたくない……感情インパルスから見当をつけただけだけどね。ただの推測だよ。でも、転輸機の近くから撤退するよう、全員で司令官を説得してるみたいだ」

「それなら、うまくいきそうだな。爆弾はもう転輸機に到着したか?」

「いまんとこ、まだだね」

サウパン人の意見がまとまったようだった。異人二名の自信ありげなようすから、真剣にうけとることにしたらしい。司令官がマイクロフォンに向かって、どら声で命令を叫んだ。ほかの艦と連絡をとったようだ。

数分後、艦の回頭につれて転輸機がゆっくりと位置を変え、べつの舷窓の正面におさまった。

二百キロメートル以上はなれても、まだ巨大で、威圧的に見える。光の橋は相いかわらず虚無に向かってのびだし、時間風惑星から物質を吸いあげている。

いきなり爆弾の人工精神インパルスを感じ、グッキーは衝撃をうけた。二個同時に到着したのだ。転輸機内のエネルギー乱流のなかでも、インパルスは妨害されていない。

「逆方向も妨害されないといいんだけど」グッキーはラスにインパルスを感じたことを伝えたあと、そうつけくわえた。「うまくいけば、ここにいる友たちは大きなショックをうけるだろうね」転輸機が見えている舷窓を指さす。「ほら、あそこに〝屑鉄の山〟も見えるぜ。ちょうどいいや。急いでここから消えなくちゃならない場合は、あれにジャンプしよう」

「それはどういう場合だ……?」

「爆発がぼくらのせいにされるかもしんないだろ。そんな話しあいに応じる気分じゃないんだ。命を救ってやったっていうのにさ」

「それなら、さっさとすませよう」

グッキーはうなずき、はっきりと伝わってくる爆弾の信号に意識を集中した。テレパシー性・テレキネシス性遠隔起爆インパルスを送出。

有翼艦から二百キロメートルはなれた位置にまばゆい光球が生じ、急激にふくれあがる。

同時に光の橋が消滅した。

＊

サウパン人は驚きのあまり身動きもせず、作業の成果が連鎖的な核の炎につつまれるのを見つめていた。予言どおりの事態が進行するのを、理解できないまま眺めるばかりだ。異人が予言できた理由はひとつしか考えられない……

司令官は電光石火で制御装置に飛びつき、武器としか思えないものをつかんだ。グッキーは跳びのいて、テレキネシスで武器を奪おうとしたが、まにあわなかった。エネルギー・ビームがはなたれ、計器盤が燃えあがる。

「逃げるぜ！」と、すでにこの事態に反応していたラスに声をかける。「ジャンプだ！」

ラスは急いでヘルメットを閉じ、非実体化した。残骸のなかに再実体化したとき、かれはひとりだった。

二分後、かれは本気でネズミ＝ビーバーのことを心配しはじめた。

＊

グッキーはヘルメットを閉じるひまがなかった。テレポーテーションの失敗を避けるため、いったん通廊にジャンプして、とりあえず危険地帯から脱出する。専門チームのサウパン人五名も突進してきていたから。司令官は自分がひきおこした火災の消火で手いっぱいだった。

司令室から五十メートル以上はなれて再実体化したグッキーは、背後からひきずるような足音が近づいてくるのに気づいた。すぐにまたテレポーテーションできるよう準備して、足音の主を待ちうける。精神インパルスから、サウパン人はひとりだとわかっていた。そこで、あるアイデアがひらめいた。

鎧を装着したあの種族のことは、なにもわかっていない。なにかを知りたいなら、捕虜をとるしかなかった。こんな絶好のチャンスは、そうそうあるものではない。

それなら……

通廊の先にあらわれたサウパン人をひと目見て、ナンバー2だとわかった。身長二メートルのそのサウパン人は、まちがいなく影響力のある乗員だ。そうでなければ司令室にいたはずがない。

「ねえ、タッセルビル、ちょっと散歩しないか?」グッキーは声をかけた。

〝タッセルビル〟と勝手な命名で呼ばれても、相手は当然、理解しない。だが、ネズミ=ビーバーが自分の探している異人だということはわかったらしい。捜索命令はすでに解除されていたので、とまどいをおぼえているようだ。

どうするだろう?

そのとき、艦内スピーカーから司令官のどら声が響いた。

タッセルビルがぎごちなく振りかえり、立ちさろうとする。

グッキーはその背後に近づき、からだをつかんだ。

「念のため、息をとめたほうがいいぜ」むだと知りつつ忠告する。もちろん相手には通じない。「これからジャンプするからさ」

グッキーはヘルメットを閉じた。

背後から物音が聞こえた。振りかえると、サウパン人十数名が突進してくるところだった。

潮時だな……

残骸に意識を集中し、非実体化。

突進してきたサウパン人の一隊は、見えない壁にでもぶつかったように、いきなり足をとめた。かれらの目の前で……目があるとしてだが……ちいさな異人が消え失せたのだ。司令官の技師もいっしょに。

跡形もなく！

意気をくじかれたかれらは、報告のため近くのインターカムに向かった。

7

ラス・ツバイが友を探すため有翼艦にもどろうと決意したとき、残骸のなかにグッキーとタッセルビルが実体化した。

「そいつをどうするつもりだ？　いうことはわからないし、こっちの言葉も通じないんだぞ。返してこい！」

グッキーがなにかいおうとしたとき、フェルマー・ロイドから連絡があった。

〈捕虜だって？　よくやった、グッキー！　連れてこい！〉

グッキーはいつもなら満足を感じるところだが、今回はそうでもなく、ラスに淡々と事情を伝えた。ラスが残骸に設置されたテレカムのスイッチをいれると、ただちに《ミルキーウェイ》が応答した。

「なにをぐずぐずしている？」ラスの報告が終わると、ペリー・ローダンがいった。

「転輸機建造者もばかではない。残骸が攻撃されるぞ」

「攻撃ですか？」

「一有翼艦がすでに接近している。われわれも急行し、こちらの艦隊で十四隻の有翼艦隊を追いはらう。グッキーが捕虜をとったなら、それで充分だ」

「よくわからないんですが、どうして向こうが残骸を疑うんです？」

「かんたんなことだ、ラス」ローダンが辛抱強く説明する。「デブリが方向や速度を変えることがないのは、向こうもわかっている。推進装置がないんだからな。最初にその残骸を探知したときは、疑いなど持たなかったろう。だが、それがもどってきた。それだけでもありえないのに、速度まで変化していた。そこにきみたちの出現だ。その関連性は、サウパン人にとっても明らかだろう」

グッキーはスクリーンを作動させた。《ミルキーウェイ》が早くも明るい光点になって見えている。ほかの光点もいくつか見えた。

タッセルビルはしずかで、面倒をかけるようすはない。運命をうけいれているようだ。

グッキーは相いかわらず、陰鬱なインパルスを感じつづけていた。

ラスがあらためて周囲を見まわす。

「残念だな。〝屑鉄の山〟は数年以内にヴェガにつっこむだろう。ずいぶん居心地がよかったんだが」

グッキーはそこまで感傷的ではなかった。

「ほら、行くよ！」そういって、タッセルビルの腕をつかむ。「悪いけど、こうするしかないんだ。また息をとめててよ」

数秒後、かれらは《ミルキーウェイ》の船内にいた。

〝屑鉄の山〟は未知の運命に向かって進みつづけた。

＊

球型船《ミルキーウェイ》とテラ艦隊が十四隻の有翼艦に接近すると、有翼艦隊は残骸の探知あるいは破壊をあきらめ、撤退した。しばらくすると加速して、宇宙の深奥の、どこともしれない目的地へと姿を消す。

「第六の転轍機が破壊された、と、セト＝アポフィスが知るのは、そう先の話ではないだろう」司令室の隣室に全員が集まると、ローダンがいった。「捕虜のタッセルビルと意思疎通ができればいいが。かれを連れてきたのは名案だった」

「グッキーのアイデアです」と、ラス。

「チームワークの勝利さ」グッキーが謙遜する。

「いずれにせよ、われわれはハンザ船でテラにもどる」ローダンは満足そうに微笑した。

「《ミルキーウェイ》はもう二、三日、この宙域にとどまることになる。セト＝アポフィスが第七の転轍機を、ここに建造させるかもしれないから」

「ほかの五つの転轍機はどうします?」と、ワリンジャー。

ローダンは曖昧《あいまい》なしぐさをした。

「それは捕虜を尋問してから決めたい」ふとなにか思いついたらしく、ラスとグッキーに問うような視線を向ける。「尋問は、地球のハンザ司令部でしないほうがいいかもしれない……どう思う？」

グッキーは一瞬ためらったあと、うなずいた。

「サウパン人のことは、ほとんどなんにもわかってないからね。おとなしい印象はあるけど、鎧の下がどうなってるのか、だれも知らないわけだし。タッセルビルのはっきりした思考は、ぼくにも読めないんだ。用心するにこしたことはないよ」

マージ・ヴァン・シャイクの顔がインターカムのスクリーンにあらわれた。

「要請のあったハンザ船の準備ができました」

ローダンが立ちあがる。

「けっこう、すぐに行く。ラスとグッキーはタッセルビルの面倒を見てくれ。目をはなさないようにな。どんな能力があるかわからない」

「向こうはこっちの能力を知っていますが」ラスはそういって、ネズミ＝ビーバーとともにキャビンを出た。

ブリーがふたりを見送り、

「まだなにかびっくりすることがあるんじゃないかと、不安ですな」と、いいながら立ちあがった。「セト＝アポフィスがからむと、いつも驚かされてきましたから」

そのあとは全員、無言でローダンにしたがう。ローダンはもう、〝将軍〟に別れの挨拶をしようとしていた。

あとがきにかえて

嶋田洋一

この巻の表題は前半の題名を取って『ロボット探偵シャーロック』となっているが、一〇四五話の原題は直訳で「ロクヴォルトの洞窟にて」といった意味になる。まったく異なる訳題を提案することはあまりないのだが、今回は誘惑に勝てなかった。ホームズ好きなんです。

といっても、シャーロキアンとか呼ばれるようなレベルでは全然なくて、単なるぬるい一ファンにすぎないんですが。

ホームズものをはじめてまとめて読んだのは、中学に入ってすぐのころだったと思う。延原謙訳の新潮文庫版だった。それまでは主にSFを読んでいたのだが、なぜか急にミステリを読むようになり、まっ先に手を伸ばしたのがホームズ・シリーズだった。小学生のころにも子供向けにリライトされたものを何作か読んでいた記憶があるので、なじみがあったのかもしれない。

ほかにもアガサ・クリスティー、エラリイ・クイーン、カーター・ディクスンなどを固め読みしていて、そのあとモーリス・ルブランのルパン・シリーズを何冊か読んだのだが、どういうわけかあまり気に入らず、G・K・チェスタートンのブラウン神父シリーズや『詩人と狂人たち』にどっぷりはまって、そこからSFに回帰する、というのがわたしの中学から高校にかけての読書傾向だった。(ルパン・シリーズとは結局そのまま疎遠になり、最近になってようやく、森田崇さんが原作に忠実にコミック化した『アバンチュリエ』を読んでいる)。

もちろんSFも読まなくなったわけではなく、日本のビッグ・スリー、小松左京、星新一、筒井康隆の作品は、このころにけっこう読んでいた。純文学方面では北杜夫と辻邦生がお気に入りだった。この二人の小説作品は、たぶん全部読んでいると思う(小説作品に限定するのは、北杜夫のエッセイ「どくとるマンボウ」シリーズの後期のものや、斎藤茂吉の評伝を読んでいないから)。『楡家の人びと』を読んで、そのあとトーマス・マンの『ブッデンブローク家の人びと』を読むという本末転倒(というほどでもないが)なこともしている。

高校時代にはこのほかに安部公房をよく読むようになった。ニューウェーヴSFをいちばん読んだのがこのころかもしれない。日本史の教師が小松左京『日本アパッチ族』

の主人公である木田福一のモデルとなった、福田紀一先生だった影響もある。この方はニューウェーヴSFを書いていて、ちょうど『オデュッセウス周遊券』が出版された時期でもあり、かなり苦労して読んだ記憶がある。そのあと『霧に沈む戦艦未来の城』『ホヤわが心の朝』を大学時代に読んだ。後者は（名前は出していないが）福田先生が教鞭を執っていた学校、つまりわたしの母校が舞台になっている。

受験勉強の重圧がなくなった大学時代は濫読に走って、何を読んでいたのか、自分でもよくわからなくなっている。国内外のSF、ミステリ、純文学などはもちろん、岩波の中国詩人選集、ラーマーヤナやバガヴァッド・ギーター、北欧神話やケルト神話、東洋文庫のあれやこれやなど、いったいどういう基準で、何を考えて選んだのか、今となっては判然としない本がたくさんある。しかも驚いたことに、全部ちゃんと、少なくとも目を通しているのだ。そういえばあのころは、SFマガジンも毎月隅から隅まで読んでたもんなあ。最近は積ん読の山が高くなるばかりだし、読みはじめて、途中で放り出してしまうこともある。忸怩《じくじ》たる思いはあるのだが、気力と体力がついていかない。

こうして考えてみると、若いころの読書量は今よりも格段に多かったと感嘆する。何時間も続けて読んでも、まったく苦にならなかった。今では三十分もすると目が痛くなり、焦点がぼやけてくるというのに。

真紅の戦場

最強戦士の誕生

Marines

ジェイ・アラン

嶋田洋一訳

時は23世紀。深刻な資源不足により勃発した世界大戦で地球は八つの巨大国家に統合された。ワープゲートの発見を契機に外宇宙へと進出した八大大国は、競って植民地を開拓したが、自らの覇権をかけた外宇宙での植民惑星の奪いあいは熾烈をきわめていく……米国海兵隊に入隊した少年の活躍を描く傑作戦争ＳＦ登場

ハヤカワ文庫

中継ステーション〔新訳版〕

Way Station

クリフォード・D・シマック

山田順子訳

〔ヒューゴー賞受賞〕アメリカ中西部のごくふつうの農家にしか見えない一軒家は、じつは銀河の星々を結ぶ中継ステーションだった。その農家で孤独に暮らす元北軍兵士イーノック・ウォレスは、百年のあいだステーションの管理人をつとめてきたが、その存在を怪しむＣＩＡが調査を開始していた⁉　解説／森下一仁

ハヤカワ文庫

訳者略歴　1956年生，1979年静岡大学人文学部卒，英米文学翻訳家　訳書『真紅の戦場』アラン，『隔離船団』テリド＆フランシス，『競技惑星クールス』シドウ（以上早川書房刊）他多数

HM=Hayakawa Mystery
SF=Science Fiction
JA=Japanese Author
NV=Novel
NF=Nonfiction
FT=Fantasy

宇宙英雄ローダン・シリーズ〈523〉

ロボット探偵《たんてい》シャーロック

〈SF2073〉

二〇一六年六月　二十日　印刷
二〇一六年六月二十五日　発行
（定価はカバーに表示してあります）

著　者　ペーター・グリーゼ　クラーク・ダールトン
訳　者　嶋《しま》田《だ》洋《よう》一《いち》
発行者　早川　浩
発行所　株式会社　早川書房
郵便番号　一〇一 - 〇〇四六
東京都千代田区神田多町二ノ二
電話　〇三 - 三二五二 - 三一一一（大代表）
振替　〇〇一六〇 - 三 - 四七七九九
http://www.hayakawa-online.co.jp

乱丁・落丁本は小社制作部宛お送り下さい。送料小社負担にてお取りかえいたします。

印刷・信毎書籍印刷株式会社　製本・株式会社川島製本所
Printed and bound in Japan
ISBN978-4-15-012073-3 C0197